二度とは抱かれない男
nidotowa dakarenai otoko
男らしく肉厚の唇から、ちらりと八重歯が見えたかと思うと、下唇に食いつくようにキスをされていた。
JN225342

二度《にど》とは抱《だ》かれない男《おとこ》

あさひ木葉《このは》

ILLUSTRATION：古澤《ふるさわ》エノ

二度とは抱かれない男

LYNX ROMANCE

CONTENTS

二度とは抱かれない男

プロローグ

「フユさんは、どうして俺とセックスしないの？」

それは、あたかも別れ際の儀式の言葉。

いつみは、いつもと同じタイミングで、いつもと同じ疑問を、『フユさん』へとぶつける。

「どうしてだと思う？」

笑いながら、フユさんは言う。

質問を質問で返すのは狡《ずる》いと、いつみは思っていた。

そして、自分よりもずっと年上のこの男が、まさしく狡い大人の男であることも、知っていた。

狡い男だと知っているからこそ、彼がいつみの髪や頬《ほお》をただ優しく撫《な》でるだけで満足していること
が、納得できないでいたのだ。

「わからない」

いつみは、じっとフユさんを見つめた。

彼は、いつみに『援助』をしてくれている。

『いいお客さんだよ』という言葉とともに、目をかけてくれているゲイバーのママが紹介してくれたのだ。

だから、いつみもそのつもりだった。

一緒にごはんを食べてくれて、面白《おもしろ》い遊びを教えてくれて、服やら靴やら望みもしなくても与えてくれる上に、毎月決まった額のお手当をくれている。こういう男たちがいつみへと代償に望むことなど、ひとつしかない。

その、たったひとつを惜しみなく与えるつもりだった。

いつみは、与えられるものに見合うだけの価値が自分にあることを、知っている。そのおかげで、欲しいものを手にすることができていた。

それなのに、フユさんは違う。

いつみの中でもっとも価値があるはずのものを、ちっとも欲しがってくれない。

もっとも、男という生き物には色んな業が詰め込まれていて、中には直接的なセックスを望まない人もいる。

実際に、いつみも過去に、そういう男を相手にしたことはあった。

だが、そういう男たちは、直接的なセックスよりも、もっと別の方法で気持ちよくなる術《すべ》を好んでいるだけの話だ。

フユさんは、そういう手合いのように、セックスの代わりの快楽を、いつみから得ようとすることもなかった。

「なんで、しないの？」

「いつみは、したいの？」

フユさんは、優しく微笑《ほほえ》む。

彼はいつみの知る大人の中で、一等優しく微笑んでくれる人だった。

「……だって、俺があなたにあげられるものって、それだけしかないから」

いつみは、真《ま》っ直《す》ぐな目で、フユさんに言う。

どんなお客の相手も喜んでしているといえば、嘘《うそ》になる。

だが、フユさんに関していえば、きっと触れられても嫌じゃない。

「そんなことはないよ」

フユさんは、大きな掌《てのひら》で頭を撫でてくれる。

それがくすぐったくて、いつみは小さく肩を竦《すく》めた。

この掌の感触を、一人でいるときも思い出すことがある。

たとえば、真夜中に目が覚めたら部屋がまっ暗だったときや、命の燈《ともしび》が小さくなっていくのが目に見えるような、心細い病室とかでのことだ。

いつみの髪を撫でたがる男なんて、たくさんいた。

でも、フユさんに撫でられるのは、まるで我が物顔みたいに体を撫でくりまわす男たちに触られているときと、何かが違った。

「じゃあ、いつみ。今日はそろそろお別れだ」

フユさんは、ぽんぽんと何度もいつみの頭を叩《たた》いた。

「何かあったら、いつでも呼び出してくれ。そろそろ、進学の時期だから、お金が余計にかかることもあるだろう？」

「ありがとう。でも、大丈夫だよ。フユさんがお小遣いいっぱいくれるから、俺、今は貯金までできているんだ」

いつみは、胸を張る。

「お財布の中だけじゃなくて、他の場所にもお金があるって嬉《うれ》しいね」

そして、安心もする。

軽くなる一方の財布に、もう怯《おび》えることはない。

残りの小銭を数えながら、スーパーの棚の前で途方に暮れることもないのだ。

「……うん、よかった。うん」

フユさんは、何度も何度も頷《うなず》いた。

「いつみのおかげで、俺のお金も生きることができる」

「なにそれ」

「……お金にも、色々あるんだよ」

フユさんは、優しい笑顔になった。

「それじゃあ、また」

「うん、またね」

いつみが手を振ると、フユさんも手を振り返す。


——『また』なんてありえないことを、知るよしもないまま。

第一章

浅い夢に、まどろんでいた。

幸福な夢だ。

今は遠すぎる、過去だった。

(……フユさん)

大きな掌が、髪を撫でる。

その感触は、たしかに優しい。

でも、どこか不純な下心があった。

冷泉《れいぜい》いつみは、眉《まゆ》を顰《ひそ》める。

そんな触られ方をして、一瞬でも懐かしい人を思い出した自分に、許せないものを感じていた。

永遠に失われたあの温《ぬく》もりを思い出すような触れ方は——不快だ。

「……ああ、起こしたかね」

聞こえてきた声は、胸が悪くなるほど甘ったるい。甘味料べたべたの缶コーヒーを、耳から流し込まれたみたいだった。

「すまない。昨晩は、疲れさせてしまったかな」

「平気です。あなたは、優しかったから」

(ばーか)

にやけた男に対して微笑みかけながら、心の中でいつみは毒づいていた。

セックスするときの男は、特殊な性癖でもなければ、みんな優しい。相手に優しくすることで、うっとりと気持ちよくなっている節もある。

脱ぎ捨てたシャツを拾いあげながら、いつみはベッドから下りる。

全身はべたついていて、一刻も早くシャワーで洗い流したかった。

汗も、唾液《だえき》も、精液も、男の痕跡《こんせき》のすべてを。

「一緒に入ろうか」

「駄目です」

含み笑いで、いつみは男に流し目を送る。

「……でも、ブラインドは開けておいてくださいね。朝焼けが見たいから」

このホテルは、まだ新しいデザイナーズホテルだ。

硝子《ガラス》張りの浴室は、ブラインドで隠すことはできるが、それを開け放すと、湾岸の夜景がバスルームからもよく見える。

夜と朝の狭間。

深夜に比べれば明かりは少なめだが、空にも、地上にも、まだ煌《きら》めきが散っていた。

東の空に光が差すまで、それほど時間はかからないだろう。

「ああ、そうさせてもらおう」

鷹揚《おうよう》に、男は笑う。

最近、日本《にほん》に進出してきたばかりの、外資系企業の広報部門のGMである彼は、いかにもエリート意識が服を着て歩いているような男だ。自信たっぷりで、傲岸不遜《ごうがんふそん》で、プライドも高ければ計算高くもあった。

「夜景が好きなら、今度は私と一緒にNY《ニューヨーク》の本社に行こうか。マンハッタンの夜景を、君に見せてあげたい」

「喜んで」

うっすらと、いつみは笑う。

(引っかかった)

関係を続けようと、男が秋波を送ってきた。

たしかな手応《てごた》えを感じる。

この男は、いつみに高値をつけてくれたようだ。

「それまでの間に、御社のイメージにぴったりの男性アイコンを探しておきましょう。企画をまとめないと」

「……モデルか。君はどうだ？」

男は、小さく笑う。

「知的で、野心的で、美しい」

「私はただの、広告屋ですよ」

いつみは、肩を竦める。

大学を出て、新卒で大手の広告会社に入ったいつみは、ずっと企画営業の現場でやってきた。

「しかし、君の前では、男でも女でも、全員色あせてしまいそうだね。たとえそれが、どんなアイコニックなモデルでも、俳優でも」

男の視線が、いつみの裸体を這《は》い回る。

舐《な》め回すというよりも、いつみの価値を評価し、満足をしていた。男の自尊心をくすぐるに足る相手と寝たのだと。

そう思ってもらえることは、重要だった。

いつみはいつだって、客を満足させる自分でありたい。

「リップサービスだとしても、極端ですよ」

「本気だが」

男は、熱っぽくいつみを見つめてくる。

さすがに、この男も一夜でいつみが自分のものになったとは思わないだろう。

その程度は頭の回る男しか、今のいつみは相手にしない。

獲物は、いつも慎重に選んでいる。

「……シャワー、浴びてきますね」

男の視線が追いかけてくることを意識しつつ、バスルームへと歩く。

(そう、もっと追いかけてくればいい)

小さく、いつみは笑う。

(でも、二度とはあんたには抱かれない)

夜が明けた。

男は会社に戻り、決定を下すだろう。

いつみの勤め先と、取引をすることを。

それを当て込んで、抱かせてやったのだ。

(俺の仕事は……。新規顧客の開拓は、これで完了。このあとは、チーム体制で当たらせてもらうよ、

末永く)

はっきりと、男を拒むつもりはない。

でも、二人っきりで会う機会など、もう二度と作らない。

いつみは、新しい顧客を手に入れる。

男は、いつみを抱いて満足した。

これで、貸し借りはなしだ。

相手の前に、餌《えさ》として自分の体を投げ出したことを、いつみは悪いことだと思っていない。

出した企画は、通るだけのクオリティで仕上げている。

いつみはただ、最後の最後で自分自身を使い、駄目押しをしたまでだ。

(精々、俺に恋い焦がれてくれよ)

いつみに対して、仕事上の関係以上のものを望んだ、男が悪い。

男に見えないようにうっすらと笑うと、いつみは思いっきり熱いシャワーを浴びた。

シャワーを浴び、すっきり目を覚まして外に出る。

ウォーターフロントの朝焼けは、もやがかってはいたものの、美しかった。

(家に帰って、着替えて……。焦らなくても、間に合うな)

腕時計で、時間を確認する。

ホテルから出社すればいいのにとは言われたが、丁寧にいつみは断っていた。

二日も続けて、同じ服で出勤したくはない。

男に抱かれた後となれば、尚更《なおさら》だ。

ホテルの部屋を出た後には、何もかもリセットしたかった。

いつみは、広告会社で提案型の企画営業をする部署にいる。

コンペで勝ち抜いて、契約をとってくるのが仕事。そのために、モデルよりもモデルらしいといわれた容姿を使うことにも、なんの躊躇《ためら》いもなかった。

もちろん、誰彼ともなく寝たりはしない。

相手が秋波を送ってきた場合だけだ。

最初から、こんなやり方をしていたわけじゃない。

だが、体を求められること自体には、いつみがまったく抵抗を感じず、それでことがすむなら話が早いと、思ってしまったのは事実だ。

結果として、仕事相手と関係を持つことは珍しくない。

企画力やプレゼン能力、コミュニケーション能力など、仕事は様々な能力を駆使して達成されるものだ。

いつみはさらに、人よりもひとつだけ、容姿という能力を与えられていた。

ならば、それを利用して何が悪いのか。

いつみが撮影現場や打ち合わせの席でモデルと間違えられたことは数知れず。三十の彼岸が見えてきた今でも、スカウトされることもあった。

今更、この容姿を他人に評価されるまでもない。

いつみは、自分の顔や体の価値を、よく知っている。

これは、自分だけに与えられた、大事な財産だ。

いつみは恵まれているとは言いがたい生い立ちだ。

その中で、わずかながら与えられたアドバンテージが、この容姿。使わないでいるのは勿体《もったい》ない。

いざとなったら、体を投げ出してでも対価を得る。そのこと自体には躊躇《ちゅうちょ》はないが、ただ関係を続けるつもりはなかった。

他人と、深い関係になる必要を感じない。

私生活で、恋人を持ったこともなかった。

プライベートで一晩だけの関係をせがまれることも、ないわけじゃない。

セックス自体は好きでも嫌いでもないが、たまに人恋しさを感じる夜もある。

求められて、与えたい気持ちが一致すれば、一度きりだという前置きで抱かれることはあったけれども、絶対に二度はなかった。

もっとも、プライベートで関係を持つと、仕事の付き合い以上に厄介なことになると学習もしたので、今はもうセックスは「仕事の付き合い」だけで十分だが。

(……さあ、次の案件だ)

契約が成立した今、さっきまで一緒に過ごしていた男に、なんの感慨も湧《わ》かなかった。

さっさと家に帰ろうとした、そのときだ。

「なあ、あんた朝帰りだろ？　よかったら、俺ともう一遊びしていかない？」

気軽に肩を叩かれて、思わずいつみは振り返る。

あまりにも軽薄な声の調子で、警戒心すら抱けなかった。

そこにいたのは、長身の男だ。

引き締まった体つきで、日本人離れした体格のよさがラフな格好をしていても感じられる。スーツを着たら、さぞ似合うだろう。

彼は長い前髪を掻《か》き上げ、屈託なく笑いかけてきた。

その笑顔に、なぜか既視感がある。

(なんだ、こいつ)

いつみは眉を顰める。

(知り合いじゃないよな。初対面のはずだが……)

じっと、男を見つめる。

仕事柄、美しい男たちには見慣れている。

しかし、目の前の男には、はっと目を惹《ひ》かれるものがあった。

単純に、造形が整っているだけじゃない。

荒削りながら、瑞々《みずみず》しい情熱が漲《みなぎ》っていて、彼を実際以上に魅力的に見せているのだろう。

何かを――人の心を惹きつける才能を持っている人間だ。

そう、いつみは考える。

(素人じゃないな。……芸能人か)

出たての芸能人というには、とうが立っている気がする。いつみよりは年下だと思うが、二十代半

ばかそこらだろう。

いつみは、まじまじと男を見つめた。

いつもなら、相手もしないで無言で立ち去るところだ。

だが、なぜか離れがたいものを感じていた。

男に魅了されたから？

いや、違う。

懐かしさめいたものが、心を掠《かす》めていったからだ。

（……なんだ、こいつ）

一度寝た男の顔は、覚えている。

それほど、物覚えは悪くない。

だから、この男が、かつて寝た相手じゃないことだけは確実だ。

何よりも、いつみは自分を抱いた男たちに、懐かしさを感じるようなことはない。

では、目の前のこの男は、いったいなんだというのか。

（最近じゃなくて、昔の……。俺が、『商売』していた頃の知り合いか？　いや、この若さでそれはないか……）

考えこんでいたいつみは、手探りしていた記憶の箱のジャンルを変えてみる。

直接会った男じゃなくても、いつみは商売柄、たくさんの男たちの顔を見る機会があるじゃないか——。


いつみは、ようやく気がつく。

この男の顔は、それほど古い記憶の中にあるわけじゃなかった。

最近、資料で見ていたのだ。

そのことに気付いて、いつみはほっとしていた。

昔の男の一人だったら、懐かしいなどと思ってしまったことを、おそらくいつみは許せないだろう。

自分自身の、その感傷を。

「あなたは、春馬《はるま》怜一《れいいち》さんですね」

じっと、いつみは男を見つめた。

「俺のこと、知ってるんだ。意外だな。嬉しいけど」

売れっ子モデルは、屈託のない表情で笑った。

「日本では無名とはいえ、世界的に活躍している売れっ子モデルの顔くらい、知っていますよ」

春馬怜一。

日本では、海外情報に熱心な雑誌ではないと見かけない顔だが、グローバルに活躍している男性モデルだ。

ヨーロッパのグランメゾンのステージに招かれることもあるが、爆発的に拡大しているアジアのステージが彼の主戦場だった。

「勉強熱心なんだ」

意外そうな口ぶりで、怜一は言う。

「……」

いつみは、目を眇《すが》める。

いったい、この男はなんなのか。

まるで、いつみのことを知っているような口ぶりで話す。

日本人であるいつみが怜一を知っていたから意外なのではなくて、「いつみだから」怜一を知っているとは思わなかったと、言わんばかりの態度だった。

「……有名人の自覚がないのでは？　これから、あなたも日本で活躍する機会があるでしょう。男に声をかけるとは、軽率ですね」

「そう？　相手は選んでいるつもりだけどな」

「どういう意味です」

いつみは、静かに問いかける。

「いきなり、すごむなよ」

怜一は、からかうような口調になる。

「まあ、怒った顔していても、あんたは綺麗《きれい》だけど。すげえよな。あんたがどんなヤツだろうとも、その顔の前ではどうでもよくなる」

にやりと、怜一は笑った。

「また会おうよ、冷泉いつみさん？」

「……！」

いつみは、はっとした。

やはり、怜一はいつみのことを知っているのだ。

そして、いつみが何をしていて、どういう人間なのか、おそらくよく知った上で、声をかけてきている。

いつみが虚を突かれた隙《すき》を突くように、怜一は唇を寄せてきた。

男らしく肉厚の唇から、ちらりと八重歯が見えたかと思うと、下唇に食いつくようにキスをされていた。

「何をする……！」

いくら早朝で、人気のないホテルのエントランスとはいえ、いつみは自分の性癖をひけらかすような真似《まね》はしたくない。

目立たないように、怜一を無視すればよかったのだ。しかし、そのときはどういうわけか、いつみは理性的になれなかった。

思わず怜一を平手打ちしようと、手を振り上げる。

だが、空振りしてしまった。

怜一は身を翻すと、いつみに背を向けていた。

彼は肩越しに、ちらっといつみを振り返る。

そして、鮮やかな笑顔を浮かべた。

「……ご馳走《ちそう》様。続きは、また今度」

キスで濡《ぬ》れた唇は楽しげで、声は弾《はず》んでいた。

「……っ！」

あまりにも悪びれない態度に、いつみは愕然《がくぜん》とする。

そして、怜一に比べて、まったく冷静じゃない自分には狼狽《ろうばい》し、屈辱を感じていた。

やられた、と思った。

キスのひとつやふたつ、平然としていればよかったのに……。

怜一は、颯爽《さっそう》とホテルを出ていく。

いつみはやり場のない怒りを、拳《こぶし》とともに握りこんでいた。

第二章

「春馬怜一……さん、ですか」

顧客にその名を出されて、いつみは面食らった。

もはや忘れたい、ホテルでの出会いから、ほんの数週間後のことだった。

不意打ちのキス以上に、柄にもなく感情的になったことで、彼はいつみの心にひっかき傷を残していた。

だが、その出会いの記憶も、いずれ薄れるだろうと期待をしていた、矢先。

あの男の名を聞いたのは、大手の化粧品会社セレスでのプレゼンの席だった。

男性向け新商品のプロモーションということで、提案書を作って持っていったのだが、アイコン候補に選んだ芸能人の誰一人として、広報部のマネージャーを納得させられなかった。

いつみとしては、かなり自信を持ってのプレゼンだ。

たとえ今回駄目だしされても、改善案を出して、納得させたい。

出した企画を見た上での相手の意向を上手《うま》く聞き出すのも、いつみの大事な仕事だった。

「今回のプロモーションは、日本だけじゃなくて、アジア全域を対象にする予定なのよ。東南アジアも、東アジアも、西アジアも。そして、中央アジアやロシアもね」

セレスのオーナー社長の娘であり、次期社長という噂《うわさ》もあるマネージャー、御門小百合《みかどさゆり》はやんわりした口調だが、提案書への不満を隠さなかった。

「あなたは、とても腕利きだわ。私も、それは認めます。でも、今回は、もう一頑張りしてほしいのよ。我々セレスは、日本だけではなく、アジアの男性にも訴えかけられるだけの力を持つアイコンを望んでいます」

「それが春馬怜一さん？」

「ええ、そのとおり」

御門は、小さく頷いた。

「彼なら、私が望んでいる、男性にも受け入れられやすい、男らしく媚《こ》びない、クールなセクシーさというものを表現してくれると思うの」

「春馬さんのことを、よくご存じですね。日本では、まだ無名だというのに、御門マネージャーは、さすがのご慧眼《けいがん》です」

無名というのを、つい強調するようなイントネーションになる。

いつみは、眉間に皺《しわ》を寄せていた。

大きな仕事だ。

絶対に、とりたい。

だがしかし、よりにもよって、あのわけのわからない男の名前が、ここで出てくるとは思わなかった。

（男らしく、クールでセクシーか……。そこはともかく、媚びないというところはどうなんだろうな）

軽い男の態度を思い出しつつ、いつみは考えこんでいた。

正直に言う。

日本だけでなく、その他アジア地域の消費者にも訴えかける力を持つアイコンと言われて、怜一の顔をちらりとでも思い浮かべなかったといえば、嘘になる。

だが、日本では無名だということを自分自身への免罪符にして、彼のことを候補に入れていなかった。

アジア全域ということだけ考えると、今回挙げた候補以上に、訴求力のある男だということは、承知の上だった。

それは、仕事に私情を交えてしまった結果とも言える。

恥じ入るしかない。

必要とあれば相手と寝ることも厭《いと》わない。相手の私情につけ込んでいるともいえるが、そんないつみ自身が己の判断に私情を交えてしまったというのは、ある種の敗北感があった。

それほど、怜一のインパクトが大きかった。

いつか時間が経《た》てば、彼の存在など忘れられると思っていたのに、新たな傷口を開いてしまったような気すらしていた。

「チェックが甘いわね、冷泉さん」

こんな評価をされることが、失敗以外のなんだというのだろう。

いつみはそっと、膝《ひざ》の上で拳を握っていた。

どう考えたって、自分が悪い。

自覚があるからこそ、余計に自分自身に腹が立っていた。

そして、春馬怜一が恨めしい。

(調子が狂う……)

こんな失敗をするのは、初めてだ。

しかし、営業中に落ち込んだりしたら、あまりに愚かだ。

自信たっぷりに見せるのも、立派な営業の術だ。企画は絶対に成功すると顧客に納得させてこそ、契約もとれるというものだろう。

気を取り直し、怜一はにっこりと御門に微笑みかける。

「お恥ずかしい限りです、御門マネージャー。春馬怜一氏をアイコンとしてご希望でしたら、もう一度彼をメインとして提案書を作り直しましょう。必ず、ご満足いただける企画へと、ブラッシュアップしてみせます」

はきはきと、力強く提案するいつみに対して、御門は小さく首を横に振る。

「そう？　でも、無理だと思うわよ」

「……と、言いますと？」

「彼、役者への転向を考えているみたいで、しばらくは新規でのモデル契約はしないらしいのよ」

御門は、溜息《ためいき》交じりだ。

どうやら、本気で怜一をアイコンにしたくて、あちらこちら探りを入れた後らしい。

「事務所にも随分大事にされているみたいだから、どんな美味《おい》しい仕事でも、本人の気が向かない限り、受けさせない方針らしいわよ」

「なるほど……」

いつみは、内心舌打ちをしていた。

まさか、仕事まで、あの男に振り回されることになるとは、思わなかった。

「事情は承知しました。しかし、交渉することは可能だと思います」

内心の苛立《いらだ》ちを綺麗にかき消して、いつみは力強く言う。

「私に、お任せください」

「頼もしいわね」

御門は、小さく微笑んだ。

いつみの言葉を丸ごと信じ込むほど、彼女はお人好《よ》しではない。

だが、とりあえず、いつみを手駒《てごま》のひとつとして考えてはいるのだろう。

手駒がやる気を見せたことに、満足しているようだった。

もしかしたら、競合していた他社は、怜一の名前を前に無理だと言ったのかもしれない。

(国内の事務所所属ならともかく、海外で活躍しているモデルだしな。春馬怜一では、使い勝手が悪いと考えたのかもしれない)

実際問題、いつみも個別交渉を持ちかけられるアテがないなら、怜一の代案になりそうなモデルを、自分の融通をつけやすい範囲で必死に探したかもしれない。

だが、御門の拘《こだわ》りが見えた今、怜一という男を獲得するために動くのが、企画を通す一番の近道だといつみは判断する。

「よい報告を、ご期待いただければと」

いつみは、あっさりと提案書を引っ込める。

クライアントが強いイメージを持っている場合、それに反する提案をゴリ推ししたところで、何かと不満をもたれるだけだ。

それよりも、これこそ我が意を得たりと、クライアントが納得してくれる企画を仕上げるほうが、絶対に今後のためになる。

その手間を、いつみは惜しんだりしない。

たとえ、どんな手を使うことになっても、だ。

（……ああ、そうだ。どんな手でも）

幸いなことに、あっちから絡んできたのだ。

それならば、利用することに、なんの不都合があるというのだろうか。

（喜べ、再会してやるよ）

心の中で、いつみは呟《つぶや》いていた。


春馬怜一は、海外の大手エージェントと契約をしており、日本のプロダクションには提携という形で籍を置いたばかりらしい。

早速、いつみはアポイントメントをとった。

広告会社だということを伝えると、日本での怜一の代理人はあまり色よい反応をしなかった。

しかし、怜一の知り合いだから名前と連絡先を伝えてくれと言えば、その日のうちに折り返しの連絡があった。

しかも、怜一自身からだ。

『まさか、あんたから連絡をとってくれるとは、思わなかったよ』

電話の向こうで、怜一が含み笑いをしている姿が、目に浮かぶ。

それを想像するだけで、神経を逆撫でされた。

(駄目だな。やはり、感情的になっている)

怜一にわからないよう、いつみは大きく深呼吸する。

冷静に、あくまで仕事相手として怜一に接しなければ。

「ぜひ、お仕事をご一緒したいのですが、いかがでしょうか。春馬怜一さん?」

穏やかなトーンで、まずは正攻法で提案すると、怜一は一秒たりとも考える余地がないという態度で、返事を寄越《よこ》してきた。

『仕事って、あんたの勤め先は広告会社でしょ。俺、ＣＭモデルの仕事は、新規断ってるんだけど』

「……私のことをご存じのようで、ありがたく思いますよ」

内心、不気味なものを感じつつも、いつみは冷静に言った。

（この男、どこまで俺について知っているんだ？）

いつみがかつて寝たことのある男たちの中には、モデルもいた。

もしかしたら、そういう輩《やから》から、彼は話を聞いているのだろうか。

（俺が尻軽《しりがる》だと思って、誘いをかけてきたのかもしれないな）

たとえ恋愛感情がなくても、必要であればセックスができる。いつみを、お手軽な欲求解消の相手にできるとでも認識したのだろうか。

（手軽に遊べそうで、外見が及第点だったとか……。どうせ、そういうことなんだろう）

いつみは、自分自身の容姿を、意識的に利用している。

怜一が、これまで群がってきた他の男たちと同じだというのなら、気を惹くのは簡単だった。

（食い逃げさせるつもりはないがな）

ＣＭ出演の承諾書をとり、さらにプレゼンをして、セレスに企画を通してもらわなくてはいけない。

いつみが体を与えるのであれば、そのタイミングだ。

（契約がとれるなら、褒美を与えてやったっていいさ）

この体を利用すると、男たちが色んなものを与えてくれることだけは、いつみはよく知っていた。

……もうずっと長いこと、利用しつづけている。

『俺にさ、お願いごととかしたら、なに要求されるかわかってるんだろう?』

含み笑いで、怜一は言う。

『それでも、いいの?』

「きっちりと、私の願いを叶《かな》えてくれるというのなら」

『ふーん、体売ることに抵抗ないわけか』

笑ってはいるが、どこか冷ややかさを感じる声音で、怜一は言う。

(引っかかるな)

今更、怜一の態度に腹を立てたりはしない。

体と金を引き換えにしていた時期もあるが、やることをやった後、相手の男に説教された経験は、それほど珍しいものでもなかった。

しかし、今、怜一から感じているものは、訳知り顔の説教とは、また何か違うもののような気がしていた。

(いったい、なんだっていうんだ)

いつみは、戸惑っていた。

軽薄に声をかけてきただけの、男だと思っていた。

だが、自分は何か勘違いをしているのではないか。そんな、得体の知れない、不安に似た感覚が、湧いてくる。

怜一の真意を、摑《つか》みきれないせいだろうか。

『俺にモデルの仕事をさせたいなら、デートしてくれる？』

先ほど一瞬感じた、殺気まがいの強い感情はどこへやら、デートなんていう可愛《かわい》い単語を使い、怜一は軽い口調で尋ねてきた。

違和感は、いつみの錯覚ではないのか。

そう、言わんばかりに。

「……わかりました」

柄にもなく、一瞬だけ躊躇いつつ、いつみは頷く。

(考えすぎて、せっかくの仕事を逃したら惜しいしな)

この誘いに、乗らないわけにはいかない。

いつみは、春馬怜一と会うことになった。

金曜日の夜。

ホテルかレストランを指定されると思ったのに、待ち合わせ場所は駅前にある有名な犬の石像の前だった。

辺りには、たくさんの人待ち顔の男女がいる。

(……なんで、こんなところで)

仕事帰りのいつみは、居心地の悪さを感じていた。

デートとはいえ、仕事の一環だ。

回れ右をして帰るなんてことはない。

だが、自分がひどく、場違いなように感じていた。

こんな場所で、誰かを待つなんて、いったい何年ぶりだろうか。

プライベートで、大勢の目につくような場所で誰かと待ち合わせすること自体、いつみにはまれだった。

ホテルだとか、薄暗いバーだとか。そういう場所が、いつみにとっての馴染《なじ》みある待ち合わせ場所だったからだ。

いつみには、今まで友達らしい友達がいなかった。

抱かれた相手はたくさんいても、恋人もいない。

正確に言うと、十年くらい前まで、ほんの数年のことだが、いつみにも一人だけ、こういう場所で待ち合わせをする相手がいた。

……この世で、たった一人の人。

セックスするためじゃなくて、待ち合わせを何度も繰り返した男。

この場所にいると、その人のことを思い出す。

もう、彼はいつみと二度と会えない世界に行ってしまったけれども。

「……」

いつみは、唇を嚙《か》みしめた。

過去のことなど、そうそう思い出していいものではない。

いや、いつみの失った大事なものたちは皆、心の中の宝箱にしまい込んで、二度と触れないようにしたかった。

綺麗なものは綺麗なままで、そのまま大事に持っておきたい。

なくしたものたちが時の流れにさらされて、褪《あ》せることのないようにしたかった。

そのために、記憶を、想いを凍らせ、閉じ込める。

そうやって、大事なものを守るくらいの贅沢《ぜいたく》は、許されていたかった。

この場所はよくない。

色あせないよう守るために凍らせた感情が、溶けてしまう。

過去と未来が、混じり合うように。

(一か月に一度か、二度……。俺は、ここであの人を待っていたっけな)

いつみは、空を見上げた。

ネオンが明るすぎて、星もろくに見えない。

それでも、何もない暗い夜を見つめていると、時間つぶしにはなった。

一度だけ、星が見えないと呟いたことがある。

それなら見せてあげるよと、いきなりタクシーに連れ込まれて、箱根《はこね》まで車を走らされたことを思い出す。

いつみは、小さく微笑んだ。

(フユさんは、子供みたいな人だった)

その人の名を、心の中とはいえこうして言葉にするのは、いったい何年ぶりだろうか。

名前を思い出すだけで、胸が震えた。

なんでも与えてくれる人だった。

知らないことは、みんな教えてくれた。

……そんな人でも、たったひとつだけ、いつみに謎《なぞ》を残していなくなった。

もう、二度と会えない。

「……」

いつみは俯《うつむ》いて、再び唇を噛みしめる。

凍らせた心や想いが溶け出すと、いつみは弱くなってしまうみたいだ。

柄にもなく、感傷的になっている。

大事なものは、もう全部、想い出の中にしかない。

想い出だけに浸って生きていけるなら、きっといつみは幸せだ。

でも、そんな叶わぬ夢を見ているわけにはいかないから、こうして心に蓋《ふた》をしているのだ。

……それでも、ふとした瞬間、弱くなりそうな自分に気がつく。

(まったく、よくないな)

いつみは、深く息をついた。

気持ちを、切り替えなくては。

これから、仕事なのだから。

(……ちゃんと、閉じ込めておかないとな)

無意識のうちに、白紙のイメージを思い浮かべる。

そうすることで、感情を真っ白にしていく。

心が空っぽになれば、辛《つら》いことも、嫌なことも、どうでもよくなる。

初めて、体を売ったときだって、そうだった。

白紙になった心が、黒々とした感情で塗りつぶされたら、それは燃やしてしまえばいい。

大事じゃないものへの感情なんて、いつだって捨てられる。

そんなイメージを心の中で作りあげることで、いつみは感情を抑制してきた。

嫌だと思うことなど、体がしようとすることの足を引っ張る感情など、ひとつもなくなってしまえばいいのだ。

邪魔なだけだ。

「……待った？」

声をかけられるとともに、いつみは肩を叩かれた。

その途端、はっと我に返ってしまう。

「……ああ、春馬さん」

顔を上げたいつみは、どうにか動揺を表に出さないよう、成功したと思う。

不意打ちを食らったわりには、上手に表情を作れただろう。

しかし、怜一には眉を顰められてしまった。

「大丈夫？」

「えっ」

気遣わしげに尋ねられ、いつみは困惑した。

自分は何か、らしくない顔でもしているんだろうか。

「……いや、あんたでも、そういう顔をするんだな」

「どんな顔かわかりませんが……」

今までにないいやりにくさを感じつつ、いつみは言葉を選ぶ。

油断すると、怜一に浸潤されてきそうだ。

そんな、闇雲《やみくも》な警戒心を抱いてしまった。

「仕事帰りなので、疲れが出て、ぼんやりしていたのかもしれないですね」

にっこりと、いつみは微笑んだ。

「大変、失礼しました」

「いいって。疲れてるときに呼び出して、ごめん」

しょげた大型犬のような表情で、怜一は言う。

いつみは、面食らってしまった。

電話でのやりとりからして、こんな態度に出られるとは思ってもみなかった。

もっと傲慢に、ヤらせろとでも命令されるんじゃないかと思っていたのに。

「映画のチケットとってるからさ、疲れてるなら寝ちゃってもいいよ」

「……映画？」

いつみは、眉間に皺を寄せる。

「私とあなたが、映画に行くんですか？」

「そうだよ」

「どうして」

いつみは、目を丸くする。

誰かと待ち合わせて、映画に行く。

ありえない。

いつみをわざわざ呼び出しておきながら、どうして映画に行こうとするんだろうか。

もっと、行くべき場所があるだろうに。

（……最初からホテルに行くほど、俺も安売りするつもりはないが）

だからと言って、誘いもかけてこないのは意外すぎる。

「どうしてって……、デートじゃん」

ぱちぱちと、何度も怜一は瞬《まばた》きをする。

「映画は基本だろ。まあ、あんたの趣味を聞かず、俺の趣味で選んだ映画で、悪かったけど」

怜一は、肩を竦めた。

「でも、あんたには、俺がどんな役者を目指しているのか、知っておいてほしい」

「……わかりました」

仕事をすることになる相手だ。

だから、お互いを知るのも大事なのかもしれない。

そう考えて、いつみは納得しようとする。

それでも心のどこかで、「どうしてこんなことをしているんだ？」という気持ちは、消えないままだったのだけれども。


連れていかれたのは、小さな映画館だった。

薄暗いが、清掃は綺麗に行き届いている。

いわゆる、映画好きが集まりそうな場所だろう、と思った。

怜一が買っていたチケットは、古い映画のものだった。

はぐれ者が、無辜《むこ》の人々を助けてヒーローになる、王道の活劇。

「自分を誤解している相手でも、人のためになるからじゃなくて、自分が助けたいから相手を助ける、そういう男が一番格好いい」

映画を見終わった後、ぽつりと怜一は呟いた。

俯き加減だから、照れているようにも見える。

「俺は、骨太の格好いい男を演じられる役者になりたい」

子供みたいだな、というのが率直ないつみの感想だった。

まるで、ヒーローに焦がれる少年みたいなことを言う。

「なんでも演じられる役者を目指すという人のほうが、昨今は多い気がしますから、かえって新鮮な志望動機ですね」

素直な感想を、マイルドな言葉にまとめて呟くと、怜一は小さく笑った。

「……あんたって、結構正直者なんだな」

怜一は楽しげだ。

「いや、まあ、こっちに気を遣ってる言い回しなのはわかるけどさ。本心でもないことは、言わないんだな」

怜一の言葉に、いつみは戸惑う。

「そんなふうに言われるのは、初めてですよ」

「もっと、媚び媚びで、男をいい気持ちにさせるのが上手いんだと思ってた」

前髪を掻き上げた怜一は、じっといつみを見据えた。

「心にないことを言っても、白々しいでしょう」

いつみは、息をつく。

明け透けに非難されたんだろうけれど、嫌な気分はしなかった。

それこそ、怜一は正直者なんだろう。

(馬鹿じゃない、か)

これから日本進出という大事な時期に、いつみにちょっかいをかけてきた軽薄さから、もっと馬鹿っぽい男にも見えたのだが。

(でも、いい歳《とし》して、ヒーローになりたくて役者志望だなんて言い出すくらいだ。歳より、子供っぽいのかもな)

じっと、いつみは怜一を見つめる。

体格のいい男だった。

アスリートのように、がっしりした体型ではない。でも、体の厚みは頼もしげだし、同性から見ても、目を惹くスタイルだった。

怜一は中性的なモデルではない。

むしろ、男性らしさが前面に出ているタイプだった。

だが、顔立ちには一匙《ひとさじ》の甘さがあり、ぞんざいな態度の中に品のよさが感じられる。

(育ちがいいんだろう)

これまで知り合ってきた、数多《あまた》の男たちのパターンは、いつみの中にデータベースみたいに蓄積をされていた。

それらの情報を総合すると、なんとなく怜一という男の生い立ちが想像できる。

「あんたは、笑わないんだな」

怜一は、ふと声のトーンを落とす。

「……笑う？　何をですか」

訝《いぶか》しげに、いつみは首を傾《かし》げる。

どうも、怜一の言動はいつみの想定外だ。

調子が狂う。

「俺が、ヒーローになりたがってること」

はにかむような笑顔で、怜一は呟く。

まるで、夢見る少年のように。

「夢を見るのは自由でしょう」

いつみ自身は、そういう子供ではなかった。

だが、他人の夢を頭ごなしに否定するほど、不人情でもない。

「……うん、そのとおりだ」

怜一は大きく頷くと、さりげなくいつみの手を握った。

「行こう？」

「……ええ」

握ってきた掌は、熱かった。

今度こそ、ホテルに連れていかれるのだろう。

覚悟の上で、いつみは手を握りかえした。

彼と今日、セックスすべきか。しないべきか。

いつものいつみなら、とっくに判断ができていることで、なぜか今は頭を悩ませていた。

……そして、十分後。

いつみが連れてこられたのは、海鮮居酒屋だった。

卓上の遠赤外線コンロで焼ける、海老《えび》や貝は美味《うま》い。

だがしかし、こんな場所は、大学生のときに義理で参加した研究室の飲み会以来、いつみはすっかりご無沙汰《ぶさた》だった。

ムードもへったくれもない飲み屋なんて、セックスと直結しているいつみのプライベートでの外食とは、まったく縁遠いものだった。

「……なんで」

怜一が注文すればすぐに出てきた、刺身や枝豆をじっと見つめて、いつみは思わず呟いていた。

「えっ、刺身や枝豆嫌い？　俺、日本に帰国してからずっと、こういうところで食うのを、楽しみにしていたのに」

生ビールを片手に、怜一は言う。

「そりゃまあ、アメリカでもヨーロッパでも美味い店はあるけどさ。どこも、大都市は特に出した金に比例してるっていうか……」

怜一は、溜息交じりだ。

「香港《ホンコン》やマレーシアみたいに、アジアだと大都市でも安くて美味い店はあるけど……。衛生的に不安もあるから、仕事前だとなかなか気軽に海鮮食べられないんだよなあ。万が一、体調崩したらまずいし」

「世界中で、活躍しているんですね」

我ながら、気の利いたことが言えない。

怜一の真意を考えることに、頭のリソースが割かれている。

「まあね」

怜一は、軽く頷いた。

「子供の頃に、イギリスの学校に入れられて、そのままずっと海外。モデルにスカウトされたのはロンドンだから、そのまま海外で働くことになってさ」

怜一は、いつみとはかけ離れた、雲の上の世界の住人みたいだ。

そんな人生もあるのか、と物珍しくも感じる。

「どうしていきなり、日本に戻ることにしたんですか」

広い世界で活躍していた人間が、どうして故郷に戻ってきて、活躍の範囲を狭めるのだろうか。

純粋に、いつみは疑問だった。

「俺さ、日本人だろ？」

怜一は確かめるように言う。

「だから、何か物事を考えるときは、やっぱり日本語で考えるわけ。英語でも中国語《ちゅうごく》でもフランス語でも、なんでもコミュニケーションとる分には不自由はしていないけれど、役者になるなら、やっぱりまずは日本語の台本を演じてみたかったんだ」

怜一は、晴れやかな笑顔だ。

迷いのない人間だからこそ見せられる、表情だ。

「役者になるなら、見てる人が俺の役からそのキャラの人生を感じとれるくらいの役者になりたいんだよ。そのためには、台本たっぷり読み込まないと駄目じゃん。やっぱり、母国語からスタートしたい」

「世界は、目指さないんですか？」

我ながら陳腐だと思いつつ、いつみは質問する。

「目指すっていうか……。いつか仕事をしていたら、世界相手になるのは当たり前って感じかな。モデルの仕事もそうだったし」

怜一には気負いがない。

ただ、自分の目指しているものに対し、彼は真摯《しんし》なだけだ。

「そういう、前向きで自信たっぷりなところが、あなたの魅力なんでしょうね」

いつみのような人間には、怜一の屈託のなさを眩《まぶ》しく感じた。

「えっ、俺、今そんなように思われること、言ってた？」

「自然体だから、嫌味がなくて、ただ魅力的なんですよ」

皮肉でもお世辞でもなく、いつみは言ってやる。

日本で生まれて、海外で育ち、仕事をしている男には、国境なんて意味はないらしい。

そういう男でも、言語の壁は感じているらしいのは面白い。

「……あんた、いい人だな」

テーブルに頬杖《ほおづえ》をついて、じっと怜一はいつみを見つめてくる。

「意外だ」

「……意外って」

いつみは、眉を顰めた。

「あなたは、私のことをよくご存じのようですが、いったい誰から話を聞いたんですか？」

「色々な人」

にやりと、怜一は笑う。

「もっと誤魔化《ごまか》したり、慌てたりするものだと思ってたんだけど、そういうことはしないんだな。俺、嫌いじゃないよ」

「誤魔化したり、慌てたりしたところで、私の過去の行状が変わるものでもないですからね」

いつみは、小さく肩を竦める。

何も、誰に対しても、こんなふうに開き直るわけじゃない。

だが、いつみのセックスを知っている人間に対して、隠すつもりはなかった。

「……うん。あんた、やってること最低だけど、へんに潔いところあるよな。思ってたより、ずっと面白い」

怜一は、しみじみと呟いた。

「あなたの思っていた私はなんなのか、聞くのは野暮《やぼ》でしょうけれど」

いつみは、ビールに口だけつけている振りをする。

もともと、セックスで感じる振りをするのは得意だが、実際には我を忘れるほどに感じられたことはない。

酒を飲むと、余計に感度が鈍くなる傾向があった。

だから、相手と寝る前には、酒は飲まないようにしている。

いつみは男たちをセックスで酩酊《めいてい》させる立場であり、自分が酔っ払っている場合ではないからだ。

怜一と、今日この流れでセックスするのか、いつみにもわからないが。

そもそも、こんな最初から、その覚悟をしているのもどうなのか。

やはり、調子が狂っている。

いつみは、いつだって自覚的にセックスする相手を選んできた。そして、タイミングも。

それなのに、どうして怜一に対しては、同じ態度でいられないのだろう。

「ろくな話を聞いていなさそうなのに、どうして私に声をかけたんですか？」

「興味があったからだよ」

こともなげに、怜一は言う。

彼は、不思議そうでもあった。

「他に、理由なんて必要？」

「自分がそんなに珍しいものだとも思いませんが」

「そんなふうに、きっちりスーツを着込んで、いかにもエリート会社員ですって顔をした娼婦《しょうふ》は、結構珍しくない？」

娼婦などというきわどい単語を言われても、嫌な気分にはならなかった。

そう呼ばれるだけのことを、いつみはしてきたのだ。

それに、怜一の側に、蔑《さげす》むようなニュアンスは何もなく、ただ事実を確認されているだけのようだったから、余計に感情的にならずにすんだ。

「ギャップが気に入りましたか」

「いや、何を考えてるんだろうと思って」

怜一は、小さく笑った。

「娼婦呼ばわりされても、怒らないの？」

「あなたの主観に、私が口出せる立場でもないでしょう」

「そういう小生意気なことを言うわりに、俺の言うこと否定しないんだよな、あんた。そういうところが、年上の男にモテる秘訣《ひけつ》？」

「……年齢に拘ったことはないですよ」

「いつもこんなふうに、ぽんぽんと聞かれたこと話しちゃうの」

「さて、どうでしょうね」

微笑みながらも、いつみははっと気付いていた。

（そうだ、あんまり俺らしくもないことをしている）

いつみは露骨に媚びたりはしないけれども、こんなふうに他人の前で、自分の内心をひけらかすような真似はしない。

それなのに、怜一には、どんどんと、自分の内面を引きずりだされそうになる。

(……なんだ、この男)

話術が巧みだなんていうのとは、違う。

いつのまにか心の中に入りこんでくるのだ。

(構いはしないが)

お互いに、下心が前提で会っている。

それを、隠すつもりもない。

だから、探られて困るものはない。

……そのはずだった。

(わけのわからない男だとは思うけれど……。俺は、こいつと話をするのは、そんなに嫌いじゃないみたいだな)

いつみはじっと、怜一を見返した。

いつみは、他人の容姿に拘りはない。

セックスする相手には、最低限の清潔感だけは要求したいが、それも場合によっては目をつぶっている。

そんないつみでも、目の前の怜一の美貌《びぼう》には、はっと目を惹かれるものがあった。

（今、日本の売れっ子モデルは、中性的なタイプが多いからな。こいつみたいな容姿だと、人目を惹くか、受けが悪いのか、どっちに転ぶだろう）

爽《さわ》やかさや清潔感を、前面に出せばいいのだろうか。

男らしい色気を押す方向だと、やりすぎるとえぐみが出そうというか、色気で胸焼けがしそうというか……。彼からは、それほどに雄の雰囲気が漂っていた。

セレス側の意向としては、日本はもとより、何よりも中国やマレーシア、インドネシアなど、アジア諸国での男性向けコスメの売り出しに力を入れたいらしい。

いつみとしては、怜一みたいな男性モデルよりも、女性モデルにアピールさせてもいいのではないかと思ったのだが、このあたりは話し合いが必要だろう。

「……なに？　俺の顔、じっと見つめて」

「仕事のことを、考えていました」

「色気ないなー。あと、敬語やめて。俺、海外生活長いせいか、あんまり敬語得意じゃなくて」

「仕事相手には、礼を尽くすようにしているんですよ」

「仕事相手、ね。まだ、受けるとは言ってないよ」

「こちら側から提示できる、条件などはまとめてあります。書類をどうぞ。できれば、酔っていないときに目を通してほしかったですが」

　怜一は、にこやかに笑う。

「サインをするなら、ペンは持ってます」

「仕事ねえ……。まあ、いいけど。あんた面白いし、そういうヤツの作った企画には、興味も湧くってものだよ」

「それはどうも」

「……でもさ、この条件の中に、あんた自身は入ってるの？」

「それは、書面外の話ですね」

「じゃあさ」

　怜一は、いつみの手を握ってきた。

　顔を近づけてきた怜一は、セクシーさの固まりみたいな声で、いつみに耳打ちをした。

「今度のデートは、一緒に遊園地に行こう」

「……はあ？」

　思わず、いつみはまじまじと怜一を見つめてしまう。

　いい年した男二人で遊園地に行って、いったい何をするというのか。

「俺の言うこと、聞いてくれるんでしょ。じゃあ、これからも、デートしようよ。一緒に遊んだり、飯食ったりしよう」

いつみを捕まえたまま、怜一は畳みかけてくる。

「なんで」

思わず素で、いつみは呟いていた。

「あんたも、俺を抱かないつもりか」

それは、絶対に言ってはいけない言葉だった。

いつみが胸に抱いている、ひそやかな想いを人前にさらけだす行為だった。

「……あんたも？」

問い返されて、いつみははっとした。

（あんたもって……。そう言ったのか、俺は）

いきなり、羞恥心《しゅうちしん》がこみあげてくる。

全裸を見られるよりも、セックスするよりも、心の中を覗《のぞ》きこまれるほうが、よほど恥ずかしかった。

どういう想い出が、その言葉を言わせたのか。

絶対に、知られたくはない。

「独り言ですよ。聞き返さないのが、日本でのマナーです」

「そんなマナー、聞いたことないよ。俺、海外生活長くても、一応日本人なんだけど」

「空気読んでください」

「あー、そういうのは嫌い」

怜一は、楽しげに笑っている。

そして、いつみの手を放さないままだった。

いつみもまた、彼の手を振りほどけなかった。

三章

自分の体が金になると知ったのは、随分前のことになる。

人に比べて、その時期はおそらく早かったように思う。

ませた、でも無力な少年だった。

いつみは、弟のみつみとともに、施設で育った。

母親なる存在はいたけれど、たまに顔を見に来るだけ。それも、どんどん間遠《まどお》になって、いつみが小学校を卒業する頃には、もう二度と姿を見せることもなかった。

彼女が何を思っていたのか、よくわからない。

ただ、いつみは彼女に捨てられたと思ったし、それに気付いたときに、彼女の存在も捨てた。

家族は、弟のみつみだけになった。

大事な弟は体が弱かった。

施設育ちとはいえ医者には診せてもらえたし、職員は誰もがよくしてくれた。

ただ、標準以上の治療まではさすがに望めなかった。

実の親なら力の限り、できうる最高の医療を与えようとするかもしれない。でも、さすがに大勢の子を抱える施設では、努力の限界があったのだ。

望めないものを、いつみは望んだ。

いつみの歳でも雇ってもらえる、わりのいいバイトはないか。いつみはずっと、そればかり考えていた。

弟の治療のためにも、大学に行って、高収入の仕事に就きたかった。

大人がみんな頼りにならないとは言わない。でも、いつみはその頃には、善意に限界があることを知っていた。

金があれば解決できることは多い。

施設を出て、独立する日のために金を貯めようと歌舞伎町《かぶきちょう》で夜の皿洗いバイトをしていたいつみに声をかけてきたのは、モデルのスカウトだった。

今のバイトより割がいいのであればと話に乗りかけたが、レッスンなども必要だと言われ、いつみは躊躇した。

先の大金だけではなく、今この瞬間にも金は必要なのだ。

そして、未来に投資するだけの余裕が、いつみにはなかった。

そんないつみを、スカウトの男が唆《そそのか》したのだ。

そんなに金が欲しければ、レッスンだのなんだの面倒なことをせず、もっと割がよく金が手に入る仕事がある、と。

彼は、裏で売り専の斡旋《あっせん》をしていた。

今思えば、嘘をつかなかったことはあの男の誠意だったのではないかと、いつみは思う。

君はモデルになれるだけの素材だ、でも売り専をしたら、そういう日の当たる世界に出にくくなるかもしれないし、成功した後のトラブルのもとにもなるかもしれない――スカウトの男は、いつみに忠告した。

それでも、金にはなるのだと。

リスクを伝えることで、いつみのような少年を口車に乗せる男自身の罪悪感を払拭《ふっしょく》したかっただけかもしれない。

それは、今となってはわからないことだ。

なんにしても、いつみは男の忠告を受けた上で、体を売ることを選んだ。

いずれ弟も高校を卒業すれば、施設を出ることになる。そうしたら、体の弱い彼を守ることができるのは、いつみだけだ。

その日が来るまでに、いつみは生活基盤を調えておかなくてはならなかった。

金は目的ではなく、手段だ。

初めての客がどんな男だったか、もういつみは覚えていない。

ただ、間に立った男に謝礼をとられても十分なほどのお金を手にして、興奮したことは覚えている。

たった数時間我慢すれば、こんな大金が手に入るんだ、と。

悔いはない。

たとえ、治療の甲斐《かい》なく、大事なみつみには旅立たれてしまったとしても。


「……もう、五年は経つのか」

二十歳《はたち》から歳をとることがなくなった弟の写真を見つめて、いつみは呟いた。

十歳まで生きられないと言われていた弟は、その倍の年齢までは生きることができた。

二十歳の誕生日を二人っきりで祝った翌日、彼は静かに息を引き取った。

あの日を境に、いつみがこの世で愛している人は、一人もいなくなった。

弟に恨み言を言うとしたら、自分を一人残して逝ったことに対してだけだ。

彼のために、できることをしたとは思う。

でも、もっと長く生きてほしかった。

そのためなら、なんだってできたのに。

（金なら、いくらでも稼いでやれたんだ）

自分自身を切り売りすることを、いつみは何一つ躊躇していなかった。

みつみはたまに、何か物言いたげな顔をしていたけれども、最後までいつみが体を売っていることについて、兄弟で話をしたことはない。

おそらく、まともなバイトをしていないことに、みつみは気がついていたはずだ。

みつみが施設を出た頃は、まだいつみは学生だった。みつみの治療費を捻出《ねんしゅつ》しながら、二人分の生活費を稼ぎ、大学に行くなんて到底無理だということは、いくら世間知らずでも察しがつくだろう。

何度か、「ごめんね」とみつみは言いかけたけれど、「謝らないでくれ」といつみが言って以来、「ありがとう」としか言わなくなった。

そんなみつみの気持ちが、いつみには嬉しかったのだ。

優しい、弟だった。

彼がいてくれるだけで、いつみの心は優しくなれた。

いつみは上昇志向が強く、勝ち気な性格だ。

そうでないと、自分の望みは――、弟を守る力を手に入れるという願いは叶えられなかったからだ。

それでも、極端な道に走らずにいられたのは、みつみという存在がいたからこそだ。

他人はみんな踏みつけなくてはいけないものではなくて、愛《いと》しく思えるということを、弟が教えてくれた。

みつみがいてくれたから、いつみは世の中に対して拗《す》ねた気持ちを抱かずにすんだ。

誰かに優しくなれる自分を、知れた。

自分たちを見捨てた母親を、恨んでないとは言わない。でも、弟を与えてくれたことだけは、感謝している。

本当に、みつみに謝られるようなことは何もない。

むしろ、彼が亡くなるまでの数年間、いつみは仕事でみつみを一人にしてしまうことが多かった。

小さい頃からほとんど学校に通えていないみつみにとって、いつみは兄弟であるとともに一番近しい友人だった。

そんな彼を一人にしてしまったことこそ、いつみはみつみに謝りたかった。

当時のいつみはみつみを置いて、ある男と会っていることが多かった。

会っていたのは、夜の仕事の相手の一人だ。

でも、その人と会うことに対して、いつみはみつみには言えない罪悪感を抱くこともあった。

彼と会うのは、ただ仕事という言葉に収まるものではなかった。彼はみつみの存在と同じように、いつみの心を優しくさせてくれる存在だったからだ。

特別な人だった。

ただ客と会っているだけなら、そんな気持ちにはならなかっただろう。

彼と会っていると、みつみを家に残して楽しい思いをしているという後ろめたさが、いつもいつみにはつきまとっていた。

ほんの短い間だった。

それでも、楽しんでいることが後ろめたかった。

……そんな男もまた、みつみよりも先に、遠くに旅立っていってしまったが。

「おまえは、フユさんとそっちで会ったのかな。俺たちは顔が似てるから、フユさんのほうがすぐに気付くかも……」

いつみは、遺影に微笑みかける。

その笑顔は、客相手に見せるための作りこんだ笑顔とも違う。

いつみが唯一、自然に見せることのできる笑みだった。

みつみやフユさんのことを思い出しているときだけ、いつみは自分の胸があたたかくなるのを感じる。そして、それを自分に許せる。

フユさんもまた、優しい人だった。

そして、不思議な人でもあった。

客の一人として紹介されたのに、いつみには指一本触れなかった。

「私と会って、一緒にごはんを食べて、遊ぼう。そうしたら、お小遣いをあげるから」と、いつみを連れ回すことを楽しんでいた。

「死んだ人間の世界があるなら、俺もいつかまた、おまえやフユさんに会えるんだろうか」

弟に会いたい。

『フユさん』にも会いたい。

特にフユさんには、会って聞きたいことがある。

どうして一度もセックスをしなかったのか、と。


相手がいつみに価値を見いだしたら、セックスを求められる。

そんな人間関係が当たり前だったから、セックスしないという関係が、よくわからないままでいる。

「いつみ、こっちこっち！」

ふくろうのオブジェの前で、怜一が手を振っている。

そんなことをしなくても、十分目立つ。

彼は、自分の容姿についての認識が甘いのではないか。

いつみは、小さく息をついた。

「早かったですね」

「いつみに会えると思うと、嬉しくってさ」

屈託のない笑顔で、怜一は笑う。

「一週間ぶりだろう？」

「……」

いつみが黙りこんだのは、どんな顔をしていいのかわからなくなったからだ。

週に一度、怜一には会っている。

そろそろ、一か月ほどになるだろうか。

怜一に呼び出されるたびに、こうしていつみは彼に会いにくる。

それでも、まだ彼とは一度もセックスをしていない。


まるで、『フユさん』みたいに。


（俺たちは、いったいどういう関係なんだ）

暗がりの中を歩きながら、いつみは考えていた。

今日、怜一に誘われたのは、水族館のアトラクションであるお化け屋敷。期間限定で、有名なお化け屋敷のデザイナーが企画したものだという。

さも当然のように、怜一はいつみの手を引いている。

周りの目なんて、彼はものともしていない。

（困るな。……大事な商品なのに）

そう思いながらも怜一の好きなようにさせているのは、彼にはいい気分で仕事してもらわないと、いつみも困るからだった。

（誰も見ていないなら、構わないか）

周りの状況を確かめつつ、いつみは怜一の後をついて歩く。

（暗闇で手をつなぐくらい、どうってことない。……春馬怜一の商品価値を傷つけないなら、構わないさ）

怜一は、その場の視線を引きつける男だ。

この華は、十分使える。

そう判断したからこそ、いつみは怜一に従っているのだ。

対価を与えられるなら、体を投げ出すことを惜しみはしない。

ただ、体を投げ出すことに抵抗はないのに、それを求められないまま、だらだらと会うことだけ求められるのは、いつみにとって慣れない状況だった。

他人と、プライベートで長い間交流するのは、いつみの好むところではない。

怜一との関係もさっさと切り上げたかったが、当の怜一にその気がないようだった。

毎週のように、いつみと食事をしたり、映画を見に行ったり、時には怜一と一緒に行ったのが初体験だったというカラオケボックスに出かけたりしている。

(なんなんだ、いったい)

闇の中で手をつないでいる先を見つめ、いつみは困惑していた。

いつみには、怜一が理解できなかった。

どうして、彼はセックスを求めてこないのだろうか。

こうして手が握りあえるほど近くにいても、まったく怜一という男のやることが理解できなかった。

性的な欲望を向けてくる相手を、あしらうことには慣れている。

でも、怜一のように、ただいつみを連れ回すだけの男に対しては、どう接していいのかがわからない。

昔、一人だけ、怜一みたいな男がいた。

『フユさん』と呼んでいたその人は、いつみの体は求めてこなかったのに、いつみのことはとても気に入ってくれて、デートするだけで多額の援助をしてくれた。

おかげでいつみは、みつみの医療費を出せたし、大学にも行けたのだ。

フユさんはお客でしかないけれど……特別な人だ。

上客だったというのもあるし、彼に頭を撫でられると、くすぐったくて、あたたかい気持ちになった。

一度もセックスしなかった。

でも、フユさんとなら、セックスしても楽しかっただろうと思う。

しないのかと、何度聞いただろう。

他に恩返しする術を知らないいつみは、いつだって彼になら自分を差し出せた。

でも、受け取ってもらえなかったのだ。

いまだに、いつみはフユさんの気持ちがわからない。

誰もが、いつみとのセックスに大金を払っていた。

よくしてくれたフユさんに、いつみの持ち物の中で一番価値のあるものをあげたかったのに、一度たりとも受け取ってもらえなかったのはなぜか。

……今となっては知るよしもないけれど、いつみの中ではしこりになっていた。

フユさんには、大事にされていた。

いつでも、「好きだよ」と言ってもらえていた。

家族への愛情はみつみが教えてくれたし、他人への愛情はフユさんが教えてくれたのだと思っている。

そして、二人がいなくなった今、いつみにとって、もはやこの世は愛のない世界でしかなかった。

仕事の上での人間関係は、そつなくやれていると思っている。

セックスを介在した関係ならば、上手くあしらえる。

長い間体を売っていたから、慣れているということもあるんだろう。

でも、怜一のような態度に出られると、戸惑うしかなかった。

（こいつのことはどう思えばいいんだ？）

暗闇の中、頼りなく手をつないでいる男のことを、いつみは上手く咀嚼《そしゃく》できないままでいた。

春馬怜一は取引相手だ。

直接金を得るためじゃなくて、契約のために抱かれてやるつもりでいた。

でも、怜一はそれを望まない。

どうも、すっきりしなかった。

いつもだったら、セックスを最終的なご褒美として相手に与えれば終わり。でも、怜一との関係は、
そんなふうに終わらせることができなさそうだ。

どういう形になれば怜一は満足し、この関係は完結するのだろうか。

（まさか、仕事が終わるまで、ずっと俺を付き合わせるつもりじゃないだろうな）

落としどころがわからない。

フユさんとのような関係を、怜一と結ぶつもりはない。

フユさんは特別だ。

それに、いつみがフユさんにふさわしい大人になれば、彼ともセックスするのだろうと、漠然と思っていた。

……その日は、永遠に来なかったのだが。

いまだ、フユさんとの別れを思い出すと、胸が掻き乱される。

あの年、フユさんがいなくなった後、すぐにみつみも逝ってしまった。

今のいつみは、いつみの好きなものは、この世から消えてしまったのだ。

ふと、怜一に握られている指先に、好きなものがない世界で生きている。

ふと、怜一に握られている指先に、緊張が走った。

「……いつみ、どうかした？」

ぐっと手を引かれて、いつみは我に返った。

暗がりの中、怜一の表情はよくわからない。

だが、彼の視線が真っ直ぐいつみに向けられて、表情を探るようにしていることだけは伝わってきた。

「もしかして、こういうところ怖い？」

「そんなわけ、ないでしょう」

いつみは、小さく息をつく。

「あいにく、お化け屋敷で怖がるような子供じゃありませんよ」

「大人も子供も、関係ないいんじゃない？　怖いなんて、プリミティブな……、ええっと原始的な感情は」

さりげなく、怜一が腰を抱いてくる。

「……いくらなんでも、べたべたしすぎです。あなたが、日本ではこれからの人とはいえ、ね。芸能人であることを自覚してください」

いつみはさりげなく、怜一の腕を腰から外した。

「つれないなあ」

怜一は肩を竦める。

「あなたの商品価値を大事にしてると思ってください」

「そうそう、そのしゃべり方も！　あんたの方が年上なんだから、もっと気楽に話してくれよ」

「仕事相手ですから」

「でもさ、あんたは俺の『お願い』を聞いてくれる立場じゃん」

イタズラっぽく笑いながら、怜一はいつみへと耳打ちしてくる。

「あんたの言うとおり、契約しただろ？」

「……」

「それに、俺とあんたが親しい『オトモダチ』なら、多少べたべたしたところで、おかしくないと思うけどなあ。俺、海外長いし」

いつみは、小さく溜息をついた。

「あなたの望みが、わからない」

「ほら、そうじゃなくて」

拗ねたように、怜一は言う。

「おまえ、とでも呼べと？」

「うん、いいね。その調子」

嬉しそうに、怜一が笑っている。

この暗がりの中でも、彼の機嫌のよさは強烈に伝わってきた。

「じゃあ、俺から離れろ」

取引相手の要望は、できるだけ叶えてやるのがモットーだ。

それも、相手を満足させてやることにつながる。

いつみは、ぞんざいな口調になる。

でも、居心地の悪さも感じていた。

思えば、自分を作らず人に接するのは、いったいいつ以来になるのだろうか？

「……でも、お化け屋敷出るまで、手は握っておこう」

するっと離れた怜一は、かわりにいつみの手を握り直す。

「こんなこと、楽しいのか？」

腰や肩を抱くのは、自分の欲情を相手に押し付けて、相手の欲望を発火させるためのはずだ。子供みたいに手を握ることが、果たしてそれのかわりになるのだろうか。

「当たり前だろ。デートって、楽しいもんじゃん」

「……デート？」

「そう、デート！」

「……」

いつみは、思わず黙りこむ。

デートなどという単語は、妙に初々しく、気恥ずかしさすら感じるものだった。

（ああ、でも、フユさんが俺を連れ回すときに、いつも『デート』って言ってたっけ）

お客として紹介された彼は、最初はいつみを抱くつもりだったのだろう。

他の、客と同じように。

そうしてくれても、よかったのだ。

でも、いつみの年齢に気付いたフユさんは、決していつみとセックスをしなかった。

「今はまだ、やめておこうね」と、そっと頭を撫でてくれた。

そのかわり、『デート』を望んだのだ。

今はまだということは、いつかセックスするつもりだったんだろう。そう、いつみは受け取っていた。

（そういえば、あのとき、まだ他に何か言っていたような……）

正直なところ、フユさんがどうして、いつみを抱かなかったのか。その理由を、いつみはよく覚えていない。

出会ったときのフユさんはただの客でしかなくて、いつみが個人として認識するような相手ではなかった。

いい客も、悪い客も、いつみは同じようにあしらった。そうすることが、体を売るという仕事をしながら、精神状態を保つ方法だったのだ。

いい客だからと情を感じたら、別れがたくなる。悪い客だと、嫌な相手だと思いながらセックスをすれば、心のバランスを崩す。

フユさんは結局、最後までそのどちらにもならなかった。

怜一も、そうなるんだろうか。

（嫌だな）

理不尽なほどの警戒心が、湧き上がってきた。

この男は、フユさんと違う。

フユさんと同じようなことを、しないでほしかった。

「いつみは、どんなデートが心に残ってる？」

怜一は、屈託なく尋ねてくる。

「……俺は、別に」

いつみの大事な想い出を、怜一に話してやる義理はない。

低い声で呟き、いつみはそのまま口を噤《つぐ》む。

「ああ、そっか。普段は俺って言うんだな」

嬉しそうに、怜一は笑う。

「もっと教えてよ、あんたのこと」

「……どうして」

いつみは、小さな声で問いかけた。

「どうして、そんなことを言うんだ」

「そりゃ、あんたに興味があるからだよ」

「……」

セックスしたいだけなら、いつみの体ひとつあればいいんじゃないのか。

素直な疑問が心に浮かぶが、さすがに口には出さなかった。

会社員や学生が来るには、まだ早い平日の時間帯だ。

季節外れのお化け屋敷は、ほとんど二人の貸し切り状態だった。

暗闇の中、魚が泳ぐ。

薄気味悪い音も聞こえてくる。

立ち止まっているせいで、仕掛けが何度も同じ動きをしている。

アトラクションそっちのけで、二人で話をしていることに気付いたいつみは、なぜか居心地の悪さを感じた。

まるで、二人だけの世界を作ってしまったかのようで。

そんなつもりは、なかったのに。

「……行こう」

怜一と話をしていると、調子が狂う。

そんな自分から逃げ出すように、いつみはつないだ手を放し、先に立って歩きだそうとした。

「どこへ？」

いつみへと腕を絡めた怜一が、背中から抱きしめてくる。

「もう少し、このままでいようよ。せっかく、二人っきりなんだからさ」

それが嫌なんだとは、言えなかった。

何かに、負けてしまう気がして。

（……こいつ、苦手だ）

生まれて初めて、いつみは『客』であるべき男に苦手意識を持った。

怜一に抱きしめられて、いつみは体を固くする。

さもないと、怜一が無遠慮にいつみの心の中へと入りこんでくるような気がしたからだった。

（……嫌だ）

セックスで、体内に侵入されるのは構わない。

だが、心の中に侵入されるのだけは、ごめんだった。

怜一が腕に力をこめればこめるほど、いつみは心を閉ざしていくしかない。

まるで本能みたいに、怜一の力強さを警戒せずにいられなかった。

どれほどの間、二人っきりで暗闇にいただろうか。

お化け屋敷の入っている複合ビルを出る頃には、もう昼近くなっていた。

「ランチに、ちょうどいいな」

時計で時間を確認しながら、いつみは呟く。

「じゃあ、軽く食事して、また出かけよう」

怜一は、明るい笑顔で笑いかけてきた。

暗闇から光の下に出たせいだけじゃなく、眩しさを感じて、いつみは瞬きをした。

「そういえば、今日はわざわざ有休まで取らせて、行きたいところでもあったのか？」

「……うん、まあね」

怜一は、軽く頷いた。

「でもまあ、それはランチの後な。何食べたい？」

「……別に、なんでも」

食事に、好き嫌いの好みは持っていない。

与えられたものを残さず食べる習慣がついていたから、好き嫌いというものを突き詰めて考えたこともなかった。

「どうしようか。そこのホテルレストランっていうのも、気取りすぎてるし……。このへん、よく来る？」

複合ビルとつながっている老舗《しにせ》ホテルのエントランスまで、二人は下りてきていた。

レストランの表示を振り返った怜一だが、そこで食事をすることは、あまり乗り気じゃない口ぶりだった。

「近くに、いいところないかな」

「俺は別に、どこでもいい」

「どうせなら、美味しいもの食べたい」

スマホを覗きこみながら、怜一は店を検索している。

いつみは手持ち無沙汰に、スマホでメールの確認をはじめた。

そのときだ。

「なんで、おまえがそいつと、こんなところで一緒にいるんだよ！」

抑えきれず、驚きのあまり声を上げてしまった……、そんな様子の男の声がロビーに響く。

「……？」

いつみは、顔を上げる。

最初は、他人事だと思っていた。

だが、思いっきり怜一を指さしている若い男の姿に、いつみは目を眇めた。

（……誰だ？）

少なくとも、いつみには見覚えのない顔だ。

「ん、ああ……。おまえか」

スマホから顔を上げた怜一は、気軽に手を振っている。

彼は別に、驚いたり焦ったりしている様子もなかった。

「よっ、久しぶり」

「久しぶりじゃない」

小走りで寄ってきた男は、小綺麗にしているものの、モデルなどの業界人ではなさそうだ。

……そして、いつみの『客』でもない。

（だが、俺のことを知っているな。そして、怜一のことも。……なぜだ？）

記憶力には、自信がある。

いつみは、近寄ってきた男のことを、懸命に思い出そうとした。

でも、上手くいかない。

どう考えても、初対面としか思えなかった。

「おまえさ、何考えてるんだ？」

気やすい態度で、男は怜一を問い詰めている。

「んー、色々」

「まさか、本気で――」

「……まあ、こんなところでする話でもないじゃん」

血相を変えている男の肩を、怜一は軽く叩く。

「電話するよ」

「……ちゃんと、話聞かせろよ」

溜息をついた男の肩に、怜一はぽんと手を置いた。

「ああ、約束する」

怜一の口にする『約束』という言葉は、相手をたやすく信用させる力がある。少なくとも、いつみはそう思った。

駆け寄ってきた男は、立ち去る際に、ちらっといつみを一瞥《いちべつ》する。

その眼差《まなざ》しには、敵意がありありと滲《にじ》んでいた。

「……さっきの、よかったのか？」

いつみの問いかけに、怜一は小さく首を傾げる。

「なにが？」

とぼけている様子はない。

純粋に、いつみの言葉の意味を計りかねているようにも見えた。

（俺の言葉の意味がわからないと？　いや、そんなはずがない）

いつみは、表情を引き締める。

「俺と関係があることに、いい顔をしていない知り合いなんだろう？」

「……」

賑《にぎ》やかな中華料理屋に腰を落ち着けた後のこと。

疑問を解決するべく問いかけると、怜一は肩を竦めた。

「いつみは賢いな」

「怜一、茶化《ちゃか》すな」

いつみは、厳しい眼差しを怜一に向ける。

いつみは会った覚えのない、怜一の知り合いが、自分の顔を知っている。

なんとも言えない、居心地の悪さを感じた。

そして、不信感も。

「いいね、もっと名前呼んで」

甘い声で囁《ささや》かれて、いつみは思わずしかめっ面になった。

「俺は、真面目《まじめ》な話をしている」

「俺も真面目に、もっと名前を呼んでほしいと思ってるんだけど」

「……」

「無言で睨《にら》まないでくれよ。あんた、そういう顔をしてても美人だけどさ」

「相手もしたくない」

拒絶するようにいつみが背を向けると、怜一は軽く肩に手を置き、その上に図々《ずうずう》しくも顎《あご》を載せてきた。

「おい、退《ど》け」

「……もし、あいつがあんたと俺の関係をよくないと思っていたとしても、気にすることはないだろう。付き合っているのは、俺とあんただし」

開き直ったようなことを、怜一は言い出した。

「付き合ってる……？」

いつみは、思わず眉を顰める。

それは自分と怜一の関係を表すには、あまりにもふさわしくない言葉に思えた。

「そう、付き合ってる」

「意味がわからない」

「あんた、真面目だな。今、本気で考えこんでるだろう」

くつくつと、怜一は声を立てて笑った。

何が面白いのか。

馬鹿にされているんだろうか？

しかし不思議なことに、怜一は嫌味な調子でもないのだった。

「まあ、気にするなよ。よく思われない原因は、あんたじゃなくて俺かもしれないよ」

悪だくみをしている少年みたいな表情で、怜一はウインクしてくる。

箸《はし》を持ったまま、じっといつみは怜一を見つめた。

「……それはないだろう」

最後にぶつけられた、敵意を思い出す。

間違いなく、あれはいつみに対してのものだ。

いつみはこれでも、立ち回りはスマートなほうだと思う。

あれほど露骨に、敵意をぶつけられたことはない。

(ああ、いや、訂正する。なくはない、か)

相手は、よりにもよってフユさんの家族だった。

いつみの目の前で交通事故に遭い、動かなくなったあの人の家族は、病院に駆けつけてきた。

そして、傍《そば》にいたいつみを睨み付けたのだ。

(フユさんの奥さん……。日本人離れした、綺麗な人だったな)

何者かと、問われることはなかった。

「付き添ってくださってありがとうございます」とは言われたけれど、彼女は完全にいつみを敵視していた。

きっと、フユさんがいつみにお金を使っていたのだと、知っていたに違いない。

交通事故に遭ったフユさんに付き添ったのはいいけれど、いつみは彼の本名すら知らなかった。

救急隊員に尋ねられて、「フユさん」とは答えたけれど、そのとき初めていつみとフユさんがあまりにも他人だったことに気がついた。

わけありだと思われたのか、フユさんの携帯から彼の家族に連絡したのは警察官だった。

いつみは結局、フユさんの本名を知らないままだ。

家族が駆けつけてきた後のフユさんがどうなったのか、いつみは知らない。

それっきり、彼と会うことは叶わなかった。

でも、死んでしまったことは知っている。

フユさんが助からないのは、一目見ただけでわかる状態だった。

大きな交差点で、乱暴な運転をした車から子供を庇《かば》って轢《ひ》かれたフユさんは、その場で事切れてしまったのだ。

いつみは泣くことしかできなかった。

大事な人を、助けることはできなかったのだ。

そして、もう一人だけこの世に残されていた大事な人、大好きな弟も、結局はすぐに亡くなった。

医者になろうと考えたこともあるけれど、結局はフユさんの話していた「いつみは人のいいところを見つけることが上手だね。だから、いつみと一緒にいたい人が多いんだよ」という言葉から、商品や人のいいところを見つけ、売り込みをする仕事――広告業の道を選んだ。

フユさんがいつみを連れ回すとき、美術館やデザイン展が多かったことも影響している。

今のいつみがあるのは、フユさんのおかげだった。

（体を売り買いする世界は、関係者全員が悪い人ってわけじゃないけど、ちょっとした拍子に道を踏み外して、裏社会でしか生きられない身の上になることもある。俺みたいに、ガキの頃から出入りしていたなら、余計に）

いつみは手を組んで、俯いた。

フユさんを思い出すときには、自分の心と対話をするしかない。

自分の記憶を覗きこんで、もはや心の中にしかいない相手と向き合う。

（フユさんがいたから、俺は危ない橋を渡ることはなかった。上手く、足抜けもできた。フユさん専属みたいになっていたから、必要以上に裏社会に深入りすることもなかったし……）

いつみは、恵まれている。

だが、その幸運は、誰かの……たぶん、フユさんの家族の不幸の上にあるものなのだ。

そう、フユさんの奥さんから向けられた敵意で、いつみは知った。

知れてよかったと、思う。

死んでいった彼は、いつみのものじゃない。

最後は家族のところに、彼のあるべき世界に帰っていった。

そしてまた、いつみも自分のいるべき場所に帰った。

弟が亡くなった後は、社会の片隅に自分の居場所を作った。

きちんと会社員になって、フユさんの褒めてくれた強みを生かして、仕事を成功させる。そうすることが、いつみなりのフユさんへの恩返しであり、供養だった。

彼という人がいたことを、自分の生き様で示す。

そのためだけに、人生を使ってもよかった。

彼が自分にとって特別な存在だということを、どんな形でもいいから示したかったのだ。

「あいつの言ったことは、本当に気にしないで。それより、楽しいことを考えようよ。せっかくの、デートなんだし」

「付き合うとか、デートだとか」

いつみは、小さく息をつく。

「そういうのが、好きなのか？」

「嫌いって言う人、あんまりいないんじゃない。あ、もちろん、好意のある相手前提にはなるだろうけどさ」

「好意……」

「そう、だから俺を好きになったら、いつみもデートを楽しめるようになるよ。ていうか、好きになってもらうためにデートしてる」

「……！」

いつみは、目を丸くする。

あまりにも、怜一の言葉は予想外だった。

(好き、だと)

ありえない。

どこをどう間違って、いつみにそんなことを投げかけてくるのだろうか。

(セックスに、そんなもの関係ないだろう)

いつみは眉間に皺を寄せた。

「……物好きすぎる」

むずがゆいような、居心地の悪さを感じていた。

いつみと縁があるのは欲望であり、好意などという瑞々しい言葉ではなかった。

欲望を向けられることには慣れている。

欲しがられることにも。

そういう相手に対して、いつみの体には価値が出る。

価値があるなら使うまでだ。

だが、好意などという曖昧《あいまい》なものを向けてくる相手に対しては、どうしたらいいのかわからなかった。

「つまり、セックスしたいという話じゃないのか」

声を潜めるように、いつみは尋ねる。

それは、思わず溢《あふ》れた疑問だった。

自分だけで、謎を抱えておくことができなくなった瞬間だった。

怜一が何を求めているのか、知りたい。

そんなふうに思った相手は、初めてだった。

求められていることを察するのは得意なはずだが、怜一が何を考えているのかはわからなかった。

まるで、目が曇ってしまったかのようだ。

「したいって言ったら、してくれる？」

「……契約ということなら」

真っ直ぐ目を見て囁かれて、頷くまでにタイムラグがあった。

でも、頷いた後にはっとする。

これでは、駆け引きも何もない。

まったく、いつもの自分らしくなかった。

体を与えるのは対価だ。

相手への褒美であり、いつみという存在の価値を相手に決定づけるための行為。

それなのに、自ら体を与えるようなことをほのめかしては、無意味だ。
こんなのは、いつみのやり方ではない。
(馬鹿か、俺は)
怜一の前で、いつみは自分らしさを保てない。
その自覚は、いつみに強い動揺をもたらしていた。
だから、短絡的にゴールを求めるようなことを言ってしまったのかもしれない。
今、この関係を終わらせてしまいたくて。
「……そういうの、平気なんだ」
ぽつりと呟いたその声は、やけにひんやりとしたものに聞こえた。
「……」
どう答えたらいいのか、わからない。
いつみは、掌を握りしめた。
(俺は……、どう答えるべきなんだ?)
いつもの自分を、見失っている。
動揺を隠せないままのいつみに、怜一はどこか投げやりな言葉をぶつけてくる。
「じゃあ、お望みどおりホテルに行こうか」

「……っ」

怜一の言葉に、ほっとした。

セックスをするのなら、いつみにも理解できる状況になったということだ。

だが、同時に、何かが自分たちの間で終わってしまったような、そんな後悔が胸を揺すぶったのは、気のせいだろうか。

「本当は、あんたを連れていきたいところがあったんだけど……、やめておこう」

怜一は、いつみの顔を見なかった。

そして、顔を背けたまま、言う。

「今のあんたは、連れていきたくない」

怜一の言葉の意味は、いつみにはわからない。

それなのに、ひどく胸を痛めつけられたような、心地になる。

なぜだろうか。

怜一から、こんな冷たさを感じるのは、初めてだからかもしれない……。

「じゃ、行こうか」

怜一は、レシートを摑む。

どこへとは、いつみは聞かなかった。

終わりに向かっていくんだと、無意識のうちに考えていた。


連れ込まれたのは、すぐ傍のシティホテルだった。

「ごめん、優しくしてあげられない」と、ぶっきらぼうな声で怜一は言う。

彼は、いつみを振り向きもしなかった。

「脱いで」

そう、命令されることに抵抗はなかった。

むしろ、どうすればいいのか示されたことに、安心していた。

ほっとしているというのは、つまりいつみがそれだけ自分を見失っているということなのかもしれない。

怜一の豹変《ひょうへん》についていけない一方で、安堵《あんど》している。

これで、彼との関係も終わるのだ。

駆け引きも何もなく、セックスになだれこんでいくことすらも、甘受してしまっていた。

これ以上、怜一と関わっていてはいけない。そう、ひりつくような警戒心に、いつみは追い詰められていたのかもしれない。

「シャワーを浴びてくる」

怜一に背を向けたまま、いつみは呟いた。

相手を楽しませるために、手練手管を尽くすことには慣れている。

でも今は、いつもできたことが、できなくなってしまっていた。

とにかく、何もかも終わらせたい。

早く、怜一の傍を離れたい。

逃げ出すようにバスルームへと飛び込もうとすると、後ろから怜一に抱きしめられた。

「必要ない」

低く掠れた声が、耳元で聞こえてくる。

肩越しに、怜一を振り返ることができなかった。

なぜか、今は怜一の顔を見ることを、とても恐ろしいと感じていた。

「だが」

「焦《じ》らすなよ」

「……っ」

シャツを脱がせてくる手は慣れていた。

肩からシャツが滑り落ちるまで、あっという間だ。

気がつけば、ベッドへと転がされていた。

ホテルの天井を、覆い被《かぶ》さってくる怜一の肩越しに見上げる。

このアングルは、見慣れたものだった。

これから怜一とセックスをする。

でも、現実感がない。

心と体がばらばらになっているような、ある種の心許《こころもと》ない感覚にいつみは包まれていた。

（……本当に、調子が狂う）

いつみはそっと、シーツを握りしめた。

裸に触れてくる糊《のり》の利いた布地の感触は、どういうわけかいつみを緊張させていた。

初めてのときですら、こんなに緊張をしなかったような気がする。

それとも、昔の記憶すぎて、忘れているだけなのだろうか。

これで、終わる。

そうなることを望んでいたのに、今は胸を掻きむしられるような痛みを感じていた。

本当に自分の望みはこれだったのかと、自問自答してしまう。

これが、迷いではなくなんだというのか。

なんでこんな気持ちにならないといけないんだと、叫び出したいような気持ちにもなっていた。

誰に対して訴えたいのか、わからない。

目の前の男にそれを言ったところで、八つ当たりなんだということだけは理解していた。

いつみは、奥歯を噛みしめる。

自分の心の揺れが、乱れが、本当にみっともなくて仕方がない。

「……いつみ」

無言だった怜一が、いきなりいつみの名前を呼ぶ。

彼の視線は、ひたむきにいつみへと注がれていた。

「緊張してる？」

「……」

言い当てられて、思わずいつみは無言になった。

まったく、彼の言うとおりだ。

でも、だからこそ、彼の言葉に頷くことだけはできなかった。

「そんな顔をされると、間違ったことをしているような気持ちになるな」

怜一は、そっといつみの頬をさする。

彼の掌は、燃えるように熱くなっていた。

「今更、怖《お》じけづいたのか？」

「ああ、そうかも」

苦笑した怜一からは、先ほどまでの刺々《とげとげ》しさは抜けていた。

彼の眼差しには、欲情が滲んでいた。

「でも、ここまできたら止まれないな。ごめん、今日はやっぱり優しくできない」

怜一は、そっといつみの耳元に囁きかけてくる。

「あんたを抱きたい」

「……好きにすればいい」

視線が交わったと思った途端、キスされた。

優しくできないと言うくせに、まるで壊れ物にでも触れているのかと思うほどに、恭《うやうや》しく優しげなキスだった。

キスは、まず唇を合わせるだけだった。

児戯みたいなキスを、怜一は何度も繰り返す。

熱心に、いつみに触れたいのだと訴えかけてくるような口づけだった。

そんなことを、する必要はない。

むずがゆいような心地だった。

優しくできないというのなら、欲望をそのままぶつけてくればいい。

いつみは、好きにしろと言ったのだから。

「……こんなことをする必要はないのに」

唇が離れた瞬間、小さくいつみは呟いていた。

紛れもない、本心だ。

「どうして？」

静かに、怜一は問いかけてくる。

「あんた、居心地の悪そうな顔をしてる」

「……」

「あんたも、好くならないと意味ないじゃん。二人で、セックスするんだから」

「そりゃ、一人じゃできないだろ」

「それを理解してくれていて、よかったよ。俺ばっかいいなら、それってオナニーと一緒になるだろ？」

うんうんと、何度も頷きながら怜一は言う。

怜一は、何度も何度もいつみの頬を撫でた。

「俺は、あんたとキスしたい。あんたを抱きたい。それは、わかってるんだよな」

「わかってるから、こんな真似をしてるんじゃないか」

そわつきながら、いつみは言う。

どうしてこんなに、気恥ずかしいのかわからない。

でも、あえて言葉にされたくないこともあるのだと、今更ながらいつみは気がついた。

それに、言葉にしたくないこともある。

「いいから、さっさとしろよ」

「さっさとしろって言われても、あんたに突っ込めばセックスになるってわけでもないだろ」

怜一は、とうとう苦笑を漏《も》らした。

なんでそんな、駄々っ子を相手にしているような顔をされなくちゃいけないんだ。そう、いつみは思った。

子供扱いされているような気がしてきた。

「俺はあんたが好きだから、あんたが自分の体をそんなふうに扱われることを許してきたなら、すごく悲しい。この気持ち、わかる？」

「……」

いつみは、何も言えなかった。

わからないと言うのには、抵抗があった。

体を対価とすることは、躊躇わない。

むしろ、自分に価値があることを知っているからこそ、利用している。

こんないつみの態度が、普通とかけ離れたものであることは、十分理解していた。

だが、そういう自分の普通ではない部分を、普通ではないからという理由で哀《あわ》れまれたくもないし、わかったような口調で批判されるのも嫌だ。

「ああ、あんたを責めてるんじゃない。俺の気持ちの問題を、あんたにぶつけるのはフェアじゃないな。ごめん」

いつみの無言から何を感じとったのか、いきなり怜一は詫《わ》びてくる。

そして、いつみの髪を優しく撫でながら、軽い口調で囁きかけてきた。

「まあ、つまり、二人でセックスするんだから、俺が気持ちよくなるだけじゃなくて、あんたにも気持ちよくなってほしいって話だよ」

「安心してくれ。ちゃんと、気持ちよくなれる」

ごく最初の頃には痛みを感じた時期もあったが、いつみは研究熱心でもあった。

苦痛を軽減するために、自分自身で体を慣らしていくことも、厭わなかった。

それに、どう振る舞えばいいのか、どう感じてみせれば相手を喜ばせることができるのか、ちゃんといつみは学習している。

怜一は、何を心配しているのだろうか。

(それこそ、杞憂《きゆう》というヤツだな。俺が、どんな男か知ってるくせに、何を心配しているんだか……)

体を売ることで、生活の糧にしてきた。

その必要がなくなった後も、対価として求められたら、体を投げだす。

一夜の遊びを乞われたら、気が向けば付き合ってやる。

こんな自分に、いったい何を今更気遣う必要があるのだろう。

「気持ちよさそうな演技されても、意味ないし」

苦笑した怜一は、こつりといつみへと額を押し付けてきた。

「とりあえず、体の力抜いて。一緒に、楽しもう」

「それを、おまえが望むのであれば」

「……最後には、いつみからも望んでくれるように頑張るよ」

いつみの頬を両手で挟んだまま、また怜一はキスをしてきた。

また触れるだけ。まどろっこしいからやめろと言おうと思ったが、ちろっと覗いた舌先が、いつみの唇を撫でた。

それを合図にするように、いつみは薄く唇を開く。

「ん……っ」

いつみの中に、怜一が入りこんできた。

彼の舌は、熱い。

そんなことがあるはずないのに、口内を火傷《やけど》してしまうのかと、錯覚するほどだった。

「……ふ……っ」

反射的に、いつみは舌を絡めていた。

舌を擦《こす》りあわせるような動きで、相手の快楽を煽《あお》る。いつもしていることを、なぞるように行う。

足を開き、腕を怜一の背に回して、欲しがっているような振りをすることも、上手くできたと思う。

(ああ、調子が戻ってきた)

男を相手にするということが、体に染みついているおかげだろうか。

あれこれと悩まずに、怜一に反応ができる。
彼と話をしていると、自分を見失いそうになる。
でも、セックスをするのであれば、彼だってただの男だ。
他の男と、何も変わりはない。
そう、怜一は特別じゃない――。
ほっとすると同時に、心の中がざわついている。
なぜかと、理由を突き詰めたくはなかった。
今はただ、目の前の男へと集中していたい。
「は……ぁ……」
怜一が顔を浮かせて、一度唇が離れていった。
二人の間で、濃密に唾液が糸を引いた。
「濡れてる」
笑いながら、怜一はいつみの口の周りに舌を這わせる。
まるで犬のようにいつみの口周りを舐めた怜一は、再びいつみへとキスを求めてきた。
「……ん……っ」
怜一は、キスが好きなのだろうか。

喉奥《のど》まで入りこまれ、小さく咽《むせ》びながらも、いつみは怜一の背中を掻き抱いた。
こんなに、何度も繰り返しキスを求められたのは、初めてのことかもしれない。
男ならば、もっとお手軽に快感を得られる方法を、みんな知っているはずだ。
それなのに、怜一はその手を使おうとしなかった。
(どうして?)
心の中で、そっと怜一に問いかける。
キスなんて、何が楽しいのかわからない。
呼吸は苦しいし、やけに口の周りがべたつくし……、そのクセ体は熱くなる。
怜一の体の下で、いつみは小さく身じろぎをした。
彼とのキスによって生まれた熱が、いつみを落ち着かなくさせている。
下半身に覚えのある衝動が走り、思わず赤面してしまった。
(どうして、こんな……。キスだけで?)
技巧の限りを尽くすような、キスをされているわけじゃない。
ただ、怜一はキスによって、いつみを求める欲望を伝えてくるだけだ。
それなのに、いつみの体は熱くなり、下半身はいつしか反応していた。
欲望が、呼び覚まされてしまった。

こんなことは、初めてだ。

あまりのことに、いつみは愕然とするしかなかった。

軽い敗北感混じりの、悔しさすらも感じる。

セックスの経験は豊富なはずなのに、キスで勃起《ぼっき》してしまったことなんて、今まで一度もなかった。

「ようやく、色っぽい顔になってきたな」

そう嘯《うそぶ》く、怜一の声のほうがよほど色っぽいだろう。

彼には、男も女も惹きつけるだけの魅力がある。

それは、フェロモンと言い換えてもいい。

今のいつみが、彼とのキスで敏感に反応してしまっているのは、そのせいなのだろうか……？

「いつみは、キスを好きになれそう？」

濡れた唇を、怜一の指先が辿《たど》った。

キスが好きか嫌いかなんて、考えたことはない。

それはいつみにとって、男に体を差し出すための合図にすぎなかった。

おまえのつけた値で売ってやろうという、了承のサイン。

だが、怜一には違う意味があるらしい。

「好きになってくれたら、嬉しい。俺は、キスするの好きなんだ」

「……焦らすのが好きなのか」

「うーん、そういうのも悪くないかな。いつみが、焦らされて気持ちよくなるタイプだって時に限るけどさ。どう、実際？」

「別に……、俺はなんでも好くなれるし……」

「そんなことはないだろ。なんにでも心から溺《おぼ》れるタイプっていうふうには、見えない」

怜一は、いつみの左胸をとんと突いた。

「いつみは、ここの反応がゆっくりなんだな」

囁きかけてくる言葉は、優しい。

しかしいつみは、「突くなら乳首じゃないのか？」と、素で思ってしまった。

キスによって硬度を持ち、つんと固くなったそこは、男たちの執着心を煽る場所だ。

むしゃぶりつかれることも、指でこねくり回されることにも慣れている。

そして、男たちの執着に応えるように、いつみも淫《みだ》らに体をくねらせながら、その場所への快感を享受するのが常だった。

だが、怜一はそうしない。

彼の指先が触れたのは、乳首から離れた場所だった。

少し他の場所よりも皮膚《ひふ》がふっくらと柔らかい、乳輪すらも避けている。

とんとんとんと、怜一の指がいつみの胸を突いている。

まるで、心臓の鼓動に合わせるように。

「……何をしてるんだ？」

怜一の行動が不思議で、いつみは思わず彼の手をとった。

「触るなら、そこじゃないだろう」

いつみを前に、欲望を露《あら》わにする男たちは見慣れている。

セックスを望んだ以上、怜一もその中の一人だ。

ようやく、その中の一人に、特別でもなんでもない一人になってくれたはずなのだ。

それなのに、彼の態度は明らかに、特別なものになっていた。

普通の男とは違う、特別な行動……。

そんな怜一に対して、いつみはひどく焦りを覚えていた。

思わず彼の手をとると、乳首へと導いてしまう。

「ここだろう？」

瞳を潤ませるような上目遣いで問いかけると、くはっと怜一は笑いだした。

「……いや、本当に面白いよな。いつみ！」

声を出し、喉を震わせるように怜一は笑う。

「俺さ、あんたのこと、なるべく誤解したくないと思ってたんだ。ちゃんと、真っ直ぐに見たかった」

笑いを収めた彼は、驚くほど真面目な表情になる。

「でも、俺もまだまだだな」

まるで子供でもあやすみたいな恭しさで、怜一はいつみの額にキスをする。

「あんたを、見誤るところだった」

「……？」

「わからなくていい。俺の反省だから。……優しくしてやれなくて、ごめん」

彼が言う「優しくない」は、いつみの思っている「優しくない」と、また別の意味を持つのかもしれない。

不意に、それを感じた。

ただ、今のいつみには、明確にその意味を言葉にすることはできなかった。

自分の体に覆い被さる、男の重みを意識する。

こんなふうに、セックスの相手のことを、最中に考えているのは初めてのことかもしれない。

これが、怜一の望んでいることなのだろうか。

いつみの心に、再び焦りが芽生えだす。

セックスさえすれば、怜一も他の男と同じになると思っていた。

でも、やっぱり彼は、セックスの最中でも特別だというのだろうか。

(いや、気の迷いだろう)

特別な相手なんて、いらない。

そんなもの、今更作りたくない。

「……っ」

いつみは、奥歯を噛みしめた。

言葉にはできない想いが、胸の中で渦巻いていた。

脳裏に過《よぎ》ったのは、フユさんの姿だ。

もう二度と動かない、あの人の。

最後まで、いつみとはセックスをしなかった。それゆえに、特別な存在になっているあの人——。

「何も、言い訳がましいことを言わなくてもいい」

いつみは、振り絞るように呟いた。

もう、何も考えたくない。

早いこと、セックスに入ればいい。

そして、いつみの気持ちをさっさと快楽にさらってほしい。

「言い訳じゃないいな。懺悔《ざんげ》だ」

真剣な表情で、怜一は頭を垂れた。

「こうなった以上、あんたをとびっきり気持ちよくしてやる」

「口だけじゃないところを、見せてみろよ」

怜一の手を乳首へと導いたまま、いつみはすごむ。

冷静に考えれば、かなり滑稽《こっけい》なことになっていると思うのだが、いつみは真剣だ。

「勿論《もちろん》。……じっくり、あんたのこと可愛がってやりたい」

怜一は、穏やかな表情になる。

欲望が滴りおちそうな眼差しをしているくせに、なんでそんな優しい顔をしているのか。

「今までの、あんたの男の誰よりも」

手首を摑んでいたいつみの手を、ゆっくりと怜一は外した。

そして、彼は顔を近づけてくる。

怜一との距離が、再び縮まる。

「あんたも、今まで誰にも感じなかったくらい、俺を愛しく思ってくれよ」

嘆願するように呟いて、怜一はいつみへとキスをした。

「……っ、ふ……」

怜一の裸の体を腕で抱き寄せ、立てた膝で挟んだ状態で、いつみは小さく声を漏らした。

あいかわらず、怜一はいつみにキスを続けている。

そして、キスをしながら、いつみの体のあちらこちらを撫でるように触れはじめた。

遠慮せずに、もっと触りたいように触ればいいのに、いつみを焦らして反応を確かめている様子でもなく、ひたすら触り続けている。

「……なん、だ、よ……っ」

唇をずらして、いつみはクレームをつける。

「焦らすなって……」

「焦らす？　そうか、いつみは気持ちがよくて、もっと俺に触って欲しいんだな」

「都合よく変換するな」

いつみは、渋い顔になる。

「焦らしてないなら、なんだって言うんだよ。まだ、イれないつもりか」

眉間に皺を寄せたいつみは、ふと気付く。

「……しゃぶってやろうか?」

「積極的なのは嬉しいけど、そんなにせかすなって。なあ、まだ時間はあるんだろ」

宥《なだ》めるみたいに軽く口づけた怜一は、再びいつみの肌に触れはじめる。

掌はあたたかく、手つきはどこまでも優しかった。

キスも激しく貪るようなものではない。咽ぶような激しさはないかわりに、怜一の味がじわじわといつみの中に染み渡ってくるようなキスだった。

あたかも、コミュニケーションのようだ。

そう、いつみは思う。

セックスの快楽を貪るというよりも、怜一という男を知らしめられているように錯覚する。

彼の存在を、呑《の》み込めと言われている気がしてきた。

「……んっ、しつこ……い……っ」

「体、熱くなってる? それなら、嬉しいけど」

「……どうして……」

「言っただろう? 俺は、あんたを気持ちよくしてやりたい。俺が、気持ちよくなるんじゃなくて」

ばつが悪そうに、怜一は付け加えた。

「せめてもの、罪滅ぼしだ」

本当に、妙なことばかり言う男だ。

いつみは、不思議そうに怜一を見上げた。

いったい、怜一はいつみに対して、どんな罪悪感を抱く必要があるというのだろうか。

「なあ、いつみ。もっと、気持ちのよさに素直になってくれよ」

怜一は、いつみを唆そうとする。

「俺は、そういうあんたが見たい」

顔に出さないながら、いつみは呆《あき》れていた。

気持ちのよさに、素直になる？

そんなことに、意味はあるのだろうか。

気持ちよくなる振りをすることに意味があっても、本当に快感に我を忘れて喘《あえ》ぐことなど、いつみにはあってはならない。

いつみの役割は、相手の男を歓《よろこ》ばせることなのだ。

自分が歓んでどうする。

「おまえこそ、自分にもっと素直になればいいのに」

溜息交じりに、いつみは呟いた。

無駄口を叩いているのは、悪くない。

こうすることで、気が紛れる。

ともすれば、熱くなる体に引きずられそうになる感情を、どうにか抑えることもできた。

「この上もなく、素直になってるけど？」

「どこがだ」

「あんたを可愛がりたいって気持ちだけで、行動してる」

怜一は、いつみの額に何度も唇を落とした。

「なあ、わからない？」

「……っ」

甘い笑顔は、モデルとしての彼の武器でもあるのだろうか。

いつみは、じろりと怜一を睨み付けた。

「セックスしたいんだろう？」

「してるじゃないか」

「イれようとしないじゃないか」

男の欲望は単純明快だ。

性器への刺激ほど、イイものはない。

それを求めようとしないで、何がセックスか。

格好をつけてる？

いいや、そんな様子もない。

身構えているいつみに比べて、怜一は自然体だ。

そして、心の底から楽しそうだった。

いつみがよがり、痴態をさらしてやる姿を見て楽しむ男たちとも、何かが違う。

いつみと言葉をかわし、ささいな反応を引き出すことが、彼にとっては重要みたいだ。

「それがセックスの目的ってわけでもないだろ」

怜一の言葉に、いつみは素で驚いた。

「……えっ」

「いや、本当に驚いたって顔してるな」

怜一は楽しげに笑う。

「早まったって思ったけど、こうすることでわかることもあるんだな。……そう思えば、俺は俺の暴走を少し許せるような気がするよ」

「おまえはたまに、まったく俺には理解できないことを言うな」

怜一に対して、どう振る舞えばいいのかわからなくなるのは、そのせいなのだろうか。

だいたい、こんな手の内を明かすような話を、セックスする相手と話したことはない。

怜一は、いつみが言うつもりもない言葉を、ぽろぽろと引き出すのだ。

(なんだろうな、こいつの……。ある種の、才能というか)

彼のペースに巻かれるのは、不愉快でしかない。

だが、彼を嫌うという気持ちは湧いてこなかった。

傍に居ると居心地が悪くて仕方がないのに、まったく得な性格をしている。

「ああ、ごめん。ちょっと派手な独り言だと思っててくれ」

瞼《まぶた》の上を掌で撫でられ、いつみは素直に目を閉じる。

「……お互い、もう少し集中しよう」

「余計なことばかりしてるのは、そっちだろ」

「余計なことじゃない。だって、あんたは熱くなってる」

「……っ」

「ほら、さっきから当たってるだろ。まあ、俺もなんだけど」

反応した性器に触れるように、重なった体の間に手を差し込まれる。

湿った性器を握りこまれた瞬間、いつみの全身には電流が走った。

「あ……っ」

背を反らせるように、いつみは小さく喘いだ。

ようやく、いつものセオリーどおりに性器を触れられた。それだけのことなのに、こみ上げるような情動の波にさらわれそうになった。

それは、予定調和な反応というわけではない。まるで、体の奥深い部分から引きずりだされるような、大きな震えだった。

(なんだ、今の……？)

いつみは、思わず息を呑む。

震えをもたらした感覚は、今までにセックスで味わってきたものとは、まったく違っていた。

芯からとろけて、快感を引き出される。

その感覚は、思わず身震いしてしまうほど強烈だったのだ。

「……っ」

ごくりと喉を鳴らしたいつみは、思わず口を噤む。

だらしなく声をあげることで、自分の中で渦巻いているものがすべて流れ出てしまいそうで、怖くなった。

快楽に耽《ふけ》ることなど珍しくないのに、初めて「怖い」と思った。

このまま、怜一の与えるものを感じ続けることで、自分が変わってしまうのではないか。そんな恐れから、いつみは大きく身じろぎをする。

「待てよ」

逃げ出すようないつみの行動は、怜一の征服欲に火をつけたのだろうか。

彼は掠れた声で囁くと、火がついたように熱くなっているいつみの性器を握る掌に、力をこめた。

「あう……っ」

いつみの腰が、大きくひくつく。

「なんで、逃げるの。俺が、怖い？」

「に、逃げてなんかない……！」

「俺に抱かれるの、いや？」

「好きにしろと言ったのは、俺だ」

怯えていることを勘づかれるくらいなら、死んだほうがマシだ。

追い詰められた心地になりつつも、いつみは意地を張っていた。

自分が溶け出すような感覚が怖いのは、怜一に溶けたところから入りこまれそうだからだ。

これ以上、この男の存在を感じたくなかった。

体に、植え込まれたくなかった。

「……焦らさず、さっさとしろと言ってるのに……っ」

「焦らしてるつもりはないんだけどなあ。そんなに、我慢できなくなってる？」

「あう……っ」

下半身から、にゅちゃ、ねちゃと淫らな音が漏れはじめる。

性器を握りこんだまま、怜一の手は上下しはじめた。

ねちっこいほどに慎重で、丹念に、性器を愛撫《あいぶ》されると、全身の震えが止まらなくなる。

「……もっ、や……。いい、俺はいいから……！」

「俺の好きにしろと言ったくせに」

「だから、さっさと先に進めろ……！」

「俺一人で進んだって仕方がないだろ。あんたも一緒じゃないとさ……」

「あっ、や……っ、だめだ、そんな……ぁ……！」

擦りたてられる性器から生ずる快感が、いつみの全身に広がっていく。

それは、自分がコントロールし、誰よりも上手に使えてきたと信じていたものと違っていた。

「やぁ……っ！」

性器の先端から、濃い粘液が溢れる。

思わず漏れたと言っても、差し支えがない。

射精ではない。

だが、先走りの迸《ほとばし》りを意図せず、相手に翻弄されるままに濡らしてしまうなんて初めてで、いつみは動揺のあまり頭を横に振っていた。

その瞬間、いつみの中で何かが壊れたのだ。

「あ……あっ、あ……」

男の手の中で先走りを溢れさせたことくらい、今までにどれだけでも経験がある。

色っぽく溜息をつきながら、「いい……」と嘯けば、相手は歓んで調子に乗ってきた。

だが、今のは違う。

こんなのは、違う。

いつみの体が、自身のコントロールを失っていた。

まったく、自分のセックスじゃない。

あれほど、男たちを歓ばせるのに長《た》けているはずのいつみなのに、体がまるっきり上手く使えていない。

怜一に、いいように翻弄されてしまっている。

——決して、翻弄されている振りでもなく。

(嘘だろ……)

無性に泣けてきた。

あまりにもみっともないし、商品としての自分のセックスに誇りを抱いているいつみにとっては、ただひたすら衝撃的な出来事だった。

相手を楽しませるのではなく、本気で快感に溺れてしまうなんて、何かの間違いだと思いたい。

「ぬるぬるしてる」

内緒話を打ち明けるかのように、怜一が囁きかけてくる。

先走りを漏らしてひくつく小さな孔《あな》に親指の爪を押し当てて、そこの微動をいつみにまで教えようとしてきた。

「……や、いやだ、こんな、いやぁ……！」

いつみは、なかばパニックを起こした。

体が自分のコントロールから離れる感覚は、それほど怖かった。

男に歓ばされている振りをすれば、相手が興奮することだってわかっている。

だが、こんなふうに全身を快感に捉《とら》えられて、ただ翻弄されるのは初めてだった。

「嫌なだけ？　気持ちよさそうに見えるけどなあ」

「だ……っ、おれ……だけ……やぁ、らあ……」

「あんただけじゃないよ。俺だって、こんなになってる」

「……ひっ」

熱い性器を内股に押し付けられ、いつみは小さく息を呑んだ。

既に太ももまで、いつみの先走りは溢れている。そのぬるぬるした場所に、さらに怜一の垂れ流しの欲望が、擦りつけられていた。

怜一の性器は、ずっしりとしていて、押し当てられるだけで肉の威圧感があった。

それが今から、いつみの中に入ってくる。

想像すると、喉が鳴った。

体内で、怜一の存在を主張されてしまうのだと思うと、怖くなってくる。触れられているだけでもどうにかなりそうなのに、交わったとしたら……。

怜一の存在感の大きさに、思わずいつみは怯えていた。

「れい、い……ち……っ」

「ごめん、怖がらせるほど大きいとは思わないんだけど……。なんか、そんな顔されると、処女相手にしてるみたいな気分になる」

「そんな馬鹿な……っ」

よりにもよって、いつみを処女呼ばわりするとは、どういうつもりだ。

思わず、いつみは目をつり上げた。

「いや、あんた、なんか怒るポイントずれてない？　天然ぼけ入ってて、可愛いなあ」

くつくつと笑いながら、怜一はいつみにキスをする。

「ああ、でも、怖がられてるだけよりも、そうやって怒ったような顔をされるほうがいいや。……あんたを怖がらせたいわけじゃないし」

「怖がってなんかない」

「強がらなくてもいいのに」

何がおかしいのか、怜一はしきりに笑っている。

「……強がってるのも、可愛いけどさ。もっと、素直に感じさせてやりたい」

「あ……っ」

止まっていた手が、再びいつみの性器を弄《もてあそ》びはじめる。

裏筋を強調するように指先が動いたかと思うと、太くなっている膨《ふく》らみを親指でつぶすように刺激された。敏感な尿道を爪の先で広げるような動きに、いつみは思わず呻《うめ》き声を漏らしてしまった。

「……っ、もう、そこばっか……や……っ」

「じゃあ、ここは？」

「……っ！」

怜一は、いきなりいつみの胸に唇を押し当ててきた。

いつみの興奮を表すかのように勃起している乳首に固い歯を宛《あ》てられ、嬌声《きょうせい》を上げてしまう。

頭の芯まで痺《しび》れるような快楽は、いつみに強い酩酊をもたらした。

緊張していた体が、快感で緩む。

その隙を突くかのように、いつみの体内へと怜一の指先が押し入れられた。

「あ……っ」

挿入に慣れているはずの体は、敏感に反応した。

もっと乱暴なことをされたこともある。

だが、静かに入りこんできて、中を慰めながら分け入ってくる怜一の動きは、どんな過激な行為よりもいつみにとってはインパクトが強かった。

「……く……っ、あ……あぁ……」

余計な力を抜いて、いつみは怜一の指を受け入れようとする。

体にダメージを受けないようにと染みついたクセだが、怜一相手には無意味だった。

怜一はあくまで優しく、いつみを中からも愛撫する。

粘膜を指の腹で擦りあげ、皺を伸ばすようにしながら、怜一はいつみの中を和らげていった。もどかしいほどの慎重さに、いつみはいつしかシーツの上で泳ぐように身じろぎをはじめていた。

「……ん……っ、あ……あぁ……っ」

指を抜き差しされると、それに吸い付くように、自分のそこが窄《すぼ》まるのがわかる。怜一の指を淫猥《いんわい》にしゃぶるそこは、狂おしいほどに快楽を求めていた。

怜一を楽しませてやるなんて、もう言えない。

今のいつみにできることは、与えられた快感に狂うだけだ。

「……も、や……ぁ、だ……」

両手で顔を覆い、いつみは呻いた。

こんな、初めての経験はいらない。

特別なセックスだとは、思いたくもない。

「……れて、もう、いれてくれ……っ」

技巧でもなんでもなく、いつみは嘆願する。

「もう少し、慣らそう？」

「やだ……っ」

いつみは顔を隠したまま、足を大きく怜一に対して広げる。

誘いこむように、頼りなく膝が揺れてしまった。

「……く、はや……くぅ……っ」

「俺が欲しい？」

「ほしい……」

見て察してくれ。

そう、いつみは心の中で呟いていた。

こんなにも全身で、男を欲しがったことなどはない。

「じゃあ、入れるから」

怜一の大きな掌が内股に当てられ、心の底からいつみはほっとした。

早く入ってきて、そしていつみを征服すればいい。

満足して、そのまま吐き出して……、そしてすべてが終わるはずだった。

「……んっ、あ……ぁ……っ！」

挿入のその瞬間、いつみはもがくようにシーツを蹴《け》った。

怜一のものは大きく、そして熱く滾《たぎ》っていた。

待ち望んでいたゆえにか、挿入のインパクトはあまりにも大きく、いつみは髪を振り乱し、背を反らした。

「……ああ、最高……」

熱い吐息とともに呟いて、怜一はいつみを抱きしめる。

「あんたにキスしながら、イきたい」

セックス中の男の要望を、駆け引き以外で断ったことはない。

でも、今は別だ。

怜一に触れられる箇所が多ければ多いほど、いつみはおかしくなってしまいそうだった。

「……っ」

顔を逃がす。

でも、怜一が追いかける。

そして最後には、結局いつみは捕まっていた。

「ふ……っ」

舌と舌を絡め合うようにキスをしながら、腰を深く沈められる。

怜一の性器に突き上げられるたびに、全身がばらばらになりそうなほどの快感が、いつみをさいなんだ。

「……んっ、ふぅ、く……っ」

息することもままならないまま、いつみは怜一の与える快楽に翻弄される。

なす術もなく絶頂に導かれる頃には、全身がびっしょりと濡れていた。

（……全部終わった、のか？）

気だるい体をシーツの上に投げだしたまま、いつみは天井を見上げる。

体のそこかしこに、怜一の気配は残っていた。

これで、怜一との関係は、ピリオドだ。

契約は既にとっている。

怜一は、対価としていつみの体を貪ったのだ。

いつまでもだらだら、「デート」と称して会うのは、もう終わり。

（……これで、終わり……）

心に、ぽっかり穴があいたような気分だった。

安心して、気が抜けたのだろうか。

それとも……。

「気分はどう？」

シャワールームから出てきた怜一に声をかけられ、いつみはゆっくりと体を起こす。

久しぶり……というわけでもないのに、やたら感じやすくて、体に抑えが利かなかった。

まるで、セックスに慣れていない十代の頃に戻ったようだ。

いや、あの頃とも、何か違う。

体に、心に入りこまれるような感覚には怯えと、そして今まで感じたことのない、とろけるような快楽を感じていた。

「俺も、シャワーを使う」

「洗ってあげようか」

「いらない」

いつみは、小さく息をついた。

「先に、部屋を出ていってくれてもいい」

「どうして？　つれないことを言うなあ」

怜一は、いつみの腕を摑んだ。

「そんなことを言うと、念入りに洗ってあげたくなるよ」

「天邪鬼だな」

「そうかな。俺、素直だと思うけど」

怜一は、小さく肩を竦める。

「気持ちよさそうにしていたよな。どう？　俺のこと気に入った？」

「どうだっていいだろう」

いつみは、怜一から顔を背ける。

「どうせ、これっきりだし」

「これっきり？　なんで」

「なんでって……。取引だ。そう、何度も何度も相手できるか」

「もしかして、気持ちよくなかった？」

「誰も、そういう話はしていない」

いつみは、小さく舌打ちをする。

セックスすれば、関係性にケリはつくと思っていた。

いつもなら、次を迫られたって、上手にあしらえるのだ。

それなのに、怜一相手には上手くいかない。

それどころか、彼に取り込まれていくような感覚に、焦りすら覚えた。

「まあ、いいけどね。取引だから一回だけっていうのか」

「……わかったなら、手を放せ」

「お断りだよ」

怜一は、いつみを抱きしめた。

「な……っ」

思わぬ反応に、いつみは狼狽する。

腕を振りほどいてやろうとするが、怜一はさり気なくその腕を押さえてきた。

「取引だからこれでおしまいって言うなら、それでもいい」

怜一は、やけに物わかりのいいことを言った。

……と、いつみは騙《だま》された。

「かわりに、ここから恋をはじめようか」

にっこりと、怜一は微笑みかけてきた。

「……は？」

いつみは、ぽかんと目の前の男を見つめた。

そんないつみの唇を、断りもなしに怜一が奪っていく。

頭がくらくらするほどの熱っぽい口づけが、いつみの罵詈雑言《ばりぞうごん》を塞《ふさ》いだ。

第五章

恋をしようと言われたのは、生まれて初めてだ。

あまりにも意表を突かれたせいで、咄嗟《とっさ》にいつみはリアクションができなかった。

恋をする？

話の展開についていけない。

ぽかんと怜一を見つめていると、彼は図々しくももう一度いつみにキスをしてきた。

「……っ、もう対価は払っただろう？」

キスの感触で、我に返った。

いつみは、怜一を手で押しやろうとする。

しかし、難なく躱《かわ》されてしまった。

それどころか、怜一は、再びいつみを抱きしめようとしてくる。

「もう、終わりだ」

「いいよ、終わって。そんな、取引だの対価だの、つまんないもの」

怜一は目を眇め、くっと喉奥で笑った。

「終わらせて、俺と恋をしよう」

「わけがわからない……。おまえに、日本語が通じてる気がしない」

いつみは、正直な気持ちを吐露してしまった。

怜一の反応は、これまでいつみを抱いてきたどんな男とも違った。

そして、フユさんとも、勿論異なっていた。

目の前にいる男を、怜一は本格的に扱いかねる。

どうしたらいいのか、わからない。

だが、このままだと怜一のペースだ。

それだけは、断固拒否だった。

この奇妙な男に、ずかずかと入りこまれ、いつみの中に居場所を作られることだけはごめんだ。

……怜一が、いつみの中で、他の大勢の男たちとは違う、別のものになられたら困る。

「……帰る」

脱ぎ捨てたシャツを拾い上げながら、いつみは呟いた。

そのまま、部屋から出ていってしまいたい。

もっとスマートに、怜一をやりこめる方法があるのではないか。

この、わけのわからないことを言い出した男と、縁を切る方法はないのか。

だが、どれだけ考えたところで、有効な手段が思い浮かんでくれない。

目まぐるしく頭の中で考えつつ、シャツのボタンを留《と》めていく。

そんないつみの細い腰に、怜一はちゃっかりと腕を回してきた。

「放せ」

「ここから逃げだしたところで、状況は変わらないよ」

ほんの少し意地悪な口調で、怜一は言う。

「俺は、あんたを追いかけるから」

「……追いかける、だと」

鸚鵡《おうむ》返しするように繰り返して、いつみはぎりっと奥歯を噛んだ。

いつみが逃げるから、追いかけると言うのか。

そもそも逃げるつもりなんてないと言ってやりたかったが、強がりの自覚はあるから、黙っているしかなかった。

たしかに、いつみは今すぐにでも、この部屋を飛び出したいのだ。

普段はこれで縁が切れるはずなのに、切らせてくれない男を、どうにかして振り払いたかった。

「可愛い反応するじゃん。恋するのが怖い?」

「恋だって？」

再び投げかけられたその耳慣れない言葉に、思わず素っ頓狂な声を漏らしてしまう。

「ふざけたことを言わないでくれ。怖がってるわけじゃない」

よほど、怜一はいつみを臆病《おくびょう》者に仕立てあげたいのだろうか。

「じゃあ、何？」

やけに冷静に、怜一は問いかけてきた。

反発するように言葉を投げかけたのは自分だが、いつみはつい押し黙ってしまう。

怖がっているんじゃないなら、いったい何か。

(警戒、しているんだ。おまえが図々しいから)

口の中で、いつみは呟いていた。

怜一は、一度いつみの中に入った。

いつみの中は、怜一という男の欲望を知った。

だが、それはもう終わったこと。それなのに、怜一がまだ自分の中にいるように錯覚して、いつみは身震いをした。

この男の相手を、これ以上していたくない。

彼はいつみを、こじ開けようとしてくる。

彼に感じている忌避感は、きっとそれゆえのものだ。

「怖がることはない。俺も一緒なんだからさ」

どれだけ手を振り払おうとも、怜一はいつみへと手を差し伸べてくる。

「未知の世界への、第一歩を踏み出してみようよ」

「どうしてそうなるんだ……」

がっくりと、いつみは項垂《うなだ》れる。

言葉がまるで通じない。

やはり、怜一の言葉が理解できない。

かつてないほど、頭の中が混乱している。

解けないパズルを前に立ち止まり、なす術もないような悔しさと苛立ち、そして闇雲な怖さをいつみは感じていた。

決して、いつみは臆病な性格ではないというのに。

「と、とにかく帰る。……帰ります！」

「なんで他人行儀に？」

不思議そうに、怜一は首を傾げている。

「取引は終わったんだから、他人です」

いつみは、突《つ》っ慳貪《けんどん》に言い放つ。

怜一に、駆け引きは通用しない。

ぐいぐい押してくる彼には、強い言葉で押し返すしかないのかもしれない。

まったく、スマートじゃなかった。

どうしてこんな男相手に、体で取引してしまったのか。

そもそも、それが間違いだったのではないか……。

「……他人になったなら、もう一度、最初からやり直せばいいし」

「本当に、懲《こ》りない人ですね」

怜一のメンタルは、いったいどうなっているのか。

逞《たくま》しいを通り越して、図太すぎる。

いつみを抱きしめてキスしたがる男を躱しながら、どうにか身支度を調える。

そして、いつみはそのまま、ホテルを飛び出した。

こんなにもみっともなく、抱かれた部屋を出る羽目になったのは、初めてのことだった。

そして、その日だけでは、何も終わらなかったのだ。


『もしもし、いつみ？　仕事終わった？』

電話を通して聞こえてくる声は、甘ったるい。

いつみは意識して、固い声で応対する。

「……まだ、オフィスにいますが」

『でも、電話に出てくれるんだ』

「仕事相手を、無視はしません」

『どういう理由でも、いつみの声が聞けるのは嬉しい』

(正気かよ)

心の中で突っ込みを入れても、声には出さない。

怜一との間に線を引いていることを、知らしめるために。

怜一に抱かれてから、数週間。

街は、クリスマスに向かっている。

あれっきり、二人っきりで会うことはない。

それでも、怜一はまめに連絡をとってくる。

仕事の関係者である以上、つれない態度はとれない。どこか言い訳じみたことを考えつつ、他愛のない言葉をかわして、電話を切る。

そんな関係が、続いていた。

無意味な会話をだらだら続けることに、いったいなんの意味があるというのだろうか。

いつみには、怜一の考えていることが理解できないままだ。

『今度の土日、ヒマじゃない？』

「繁忙期です」

素っ気なく、ただ最低限の礼儀は守り、いつみは答える。

『会いたいのになー。会えたら、めっちゃ頑張って撮影に臨む』

怜一は、しきりに残念がっている。

子供じみた口調で駄々をこねているが、まったく可愛くはない。

「あなたはプロでしょう」

餌なんかなくても仕事しろと、言外に言ってやる。

くつくつと、怜一は笑っていた。

『そういう正論言っちゃうところも、好きだよ』

「用がないなら、そろそろ切ってもいいですか」

『仕事中なら仕方がないな。またかけるよ』

冷たくあしらっているつもりなのに、いつも怜一はこれだ。

こんなふうに話をしていると、またいつか彼のペースに巻き込まれて、つい会う約束を取り付けられる羽目になることもあるかもしれない。

それは駄目だ。

絶対によくない。

『俺と恋をしよう』

その言葉は、悪い呪《まじな》いのようだった。

囁かれると、心拍数が上がる。

呼吸が乱れ、思考がまともに働かなくなる。

いつみははっきりと、怜一に対して線を引いているつもりだ。

これ以上、こっちに来るなと。

しかし、怜一は、いつみの意志をわざと無視しているようだった。

「大人なんですから、聞き分けよくしてください。みっともないと、思わないんですか」

これまで言わないようにしていた言葉を吐いてしまったのは、いつみにも余裕がなくなっているからかもしれない。

振り払っても振り払っても寄ってくる男を、どうあしらっていいのかわからない。

ストーカーだと言ってやるには、怜一の距離の取り方は絶妙だった。

それに、彼は間違いなく、いつみに拒まれていることを知っている。

ストーカーみたいに、怜一に好意をもたれていると思いこんでいるわけじゃない。

その上で、好きだと囁いてくるのだ。

いつみの感覚からすると、それ自体が信じられないことだ。

『みっともない？　どうして』

怜一は不思議そうに言う。

「男に追いすがるようなマネをして」

『欲しいものを欲しいと言って、何が悪いんだ。あんたのことが好きだから、好きって伝えている。ただ、それだけのことだろう』

「……っ！」

『俺は、何も恥ずかしいことをしてない。悪いこともしてない。あんただって――』

子供みたいに駄々をこねているだけだと、冷たく言ってやりたい。

でも、言えなかった。

(悪いことだ)

脳裏を過るのは、懐かしい人の顔だ。

怜一は、これまでいつみが築き上げてきた人間関係の中で、特別なものを要求している。

そんなものを、怜一に渡すわけにはいかないのだ。

今は亡き人たちに、もう二度と恩を返すことができない人たちに捧げた感情を、特別なままにしておくためにも。

(ああ、そうだ。俺はずっと、それだけを守りたかったんだ)

望まれれば、セックスは厭わない。

体は対価にしてもいい。

だが、自分の気持ちを捧げたのは、もうこの世にいない人だけでありたい。

そうすることが、今となっては唯一、いつみが彼らをどれだけ愛していたのかを、示す方法なのだから。

絶対に、こんな本音を口に出すつもりはなかった。

いつみは黙ったまま、電話を切ってしまう。

これから先、ずっとこの調子で怜一に振り回されるのだろうか。

彼には商品価値がある。

だからこそ、すべて織り込み済みで利用するという選択もある。

もう少し、愛想良くしてやってもいいのかもしれない。

(……いや、駄目だ。絶対に、怜一だけは駄目だ)

怜一は、いつみに踏み込んでくる。

ぐらぐらと、いつみの根幹に揺さぶりをかけてくる。

そんな彼を、拒んでいたい。

いつみは、今までの自分を、大事にしてきたものを、守りたいのだ。

頑《かたく》なに首を横に振り、ひたすら怜一の存在を拒むことしかできなかった。

果たして、いつまで拒み続けることができるのだろうか……?

(いやいや、ありえない。いくらあいつの押しが強いとはいえ、この俺が流されてたまるかよ)

いつみは、小さく首を横に振る。

何を弱気になっているのだろう。

いつもどおり、割り切ればいいのだ。

もう、好きなものが何一つなくなったこの世界で、ずっといつみはそうやって生きてきたのだから。


いつみが仕事で大きなミスをしたのは、その数日後のこと。

高名なフォトグラファーに怜一の撮影を頼む予定だったというのに、そのスケジュールに行き違いが発生していたのだ。

関係者に頭を下げてもらって、ようやく押さえたスケジュールだった。

企画の大事な一部だったというのに、ありえない。

おそらく、フォトグラファーの側が勘違いをした結果だった。

でも、こちらから依頼をしている立場だ。ただでさえ気むずかしい彼のせいにして、責めることはできない。

仕事を投げだされてしまう。

穏便に、カタをつけなくてはいけないのだ。

(俺もツメが甘かったしな)

仕事に身が入っていなかったのではないかと、いつみは自省していた。

調子が狂っているのが怜一のせいだとは、言わない。

何はともあれ、いつみが悪い。

そして、責任をとるのはいつみだ。

実は、そのフォトグラファーは、怜一の写真を撮るために用意した専門家だった。

撮影の予定をまた組み直すのは大変だが、怜一にスケジュールの融通を利かせてもらえれば、フォトグラファーを元の企画のままでいける。

怜一一人動かすことができれば、後はどうにでもなる。

彼は、替えの利かない重要な素材だった。

(俺が頭を下げてどうにかなるものなら、どれだけでも下げる。……必要だというのなら、取引もしよう)

同じ男とは、二度と寝ない主義だ。

ひとつの取引で、対価は一回のセックス。

でも、再度の取引が成立するのであれば、抱かれることに拘りはなかった。

(俺の体ひとつですめば、安いしな)

ただ、怜一が相手というのは恐ろしかった。

彼がまた自分の中に入ってくるのが、怖くもあった。

それでも、背に腹は替えられない。

望まれたものはすべて差し出す覚悟で、いつみは怜一に連絡をとった。


『リスケジュールね……』

電話の向こうの怜一は、素直に困惑を表していた。

無理もない。

彼は日本での仕事はまだしていないとはいえ、海外での仕事をやめたわけじゃないのだ。

「無茶を言っているのは、わかっています」

一度深く言葉を切ってから、いつみは静かに付け加えた。

「……望まれるのであれば、どんな条件でも呑みます」

『ああ、つまり、もう一度取引してもいいってこと？』

「……」

察しよく問いかけてきた怜一に、いつみは無言で肯定する。

この話をするために、わざわざ自宅から電話をかけたのだ。

『同じ男とは、二度と寝ないと聞いていたけれど』

怜一の口調は、軽い。

ただ、何か含みがあるように聞こえてくるのは、いつみが後ろめたく思っているからなのだろうか。

「別の取引をするのであれば、構いません」

『なるほど。つまり、深い関係になりたくなくて、一度寝た男とは二度と寝ないようにしているってわけか』

「……！」

いつみは思わず、息を呑んだ。

怜一の明るい声が、いつみの胸を抉《えぐ》る。

そして、奥底から、自分自身でもはっきり認識していなかった、いつみ自身を縛っていた想いを引きずりだした。

一人の男とは、一回しか寝ない。

つまり、深い関係を築いたりはしない。

……誰も、生きている人間は特別にしない。

（ああ、なんだ。そういうことか。自分の気持ちなんてどうでもいいし、深く考えたこともなかったな）

自分の想いに、いつみは遅まきながら気がついた。

自覚を怜一のおかげと言うのは嫌だが、認識したことで楽になったようにも思う。

もう、闇雲に怜一を恐れずにすみそうだ。

ただ、やはり彼という男の押しの強さには、警戒心が湧いてくる。

彼はどうやら、人の心をこじ開けるほどの力を持っているようだ。

「……取引にのってくれたことに、感謝をします」

冷静に、いつみは礼を言う。

ところが、電話の向こうの怜一は乗り気ではなかった。

『うーん、取引はもういいよ』

「いいんですか？」

『それじゃあ、意味ないし』

あっさりした態度で、怜一は言う。

『まあ、リスケできるかどうか、マネージャーとも相談してみる。それでいい？』

「それは勿論です」

頷きつつも、いつみは釈然としない。

怜一は、いつみを抱きたがっているのではないのか。

それなのに、どうして取引するつもりはないと言うのだろうか。

『前ほど時間とれないかもしれないけれど、まあ不可能じゃないだろう』

「どうして……」

上の空に、思わず呟いてしまう。

そんな自分を、いつみは苦々しく思った。

仕事の話をしている。

いつみの個人的な疑問なんて、どうでもいいはずだ。

『どうしてって、何が不思議？　リスケするって言ってるのに、もっと喜べよ』

「いや、取引……」

『だからさ、俺はあんたに恋をしようと言ってるのに、取引なんてしたら駄目だろ、まったく』

怜一は、呆れ声だ。

『ああ、そうだ。条件つけるとしたら、そのわざとらしい敬語やめてほしいってくらい？』

「プライベートで会おうとも、言わないのか」

『無理に会っても、あんたを嫌な気持ちにさせるだけじゃん』

「それは……」

いつみは、思わず言葉に詰まる。

好きだとか嫌いだとか、そんなことを考えて、いつみは仕事をしていない。人付き合いも、していない。

いつみにとってどうでもいいものなのに、なぜ怜一が気にするんだろうか。

（おまえが、いらないことに気を回すから……。だから、俺まで気になってしまうんじゃないのか？）

いつみらしからぬことを考え、言ってしまうのは、やはり怜一のせいではないのか。

ふと、彼のことを詰《なじ》ってやりたくなってしまった。

『……いつみ？』

優しく名前を呼ばれ、いつみははっとした。

スマートフォンを握りしめた手が、いつしか震えていたことに気付く。

指の先まで、かじかむように冷たくなっている。

それほど、体が強張《こわば》っているのだ。

「すみません。いや、すまない。……リスケの協力、感謝する」

『いいね。そういう話し方』

怜一は、楽しげに笑ってくれる。

『律儀に、俺のリクエストに応えてくれるんだ。いつみって、面白いよね。我が強くても、めちゃくちゃ素直で、従順』

「そんなことは……」

我が強い人間なら、こんなに動揺はしない。

その自覚は、いつみを苦々しい気持ちにさせていた。

『声、震えてる』

不意に、怜一は気遣わしげな声になる。

それをやめろと、喉まで出かかっていた。

俺のことなんて、気持ちなんて、気にする必要はない。

……そんなことをしてくれたのは、いつみにとって特別だった人たちだけなのだから。

(おまえが、あの人の真似をするな)

声にはしない。

それが八つ当たりじみた感情だということは、いつみにもわかっていた。

怜一はただ自然体だ。

いつみの記憶を覗き見したわけでもないのだから、彼が「こういう人間」なのだろう。

いつみにとって、特別になりうる男。

ぞっとした。

なんで、怜一に出会ってしまったのだろうか。

特別な存在なんて、もういらない。

色あせない記憶の中で、なくしたものたちを大事にできればいつみは満足だ。

そして、穏やかな気持ちで生きていたい。

……もう二度と、特別な人を失って涙をこぼすほどの悲しみも、味わいたくはなかった。

『スケジュールのミス、そんなに動揺した？　俺のほうは、大丈夫だよ。スケジュールに余裕あるから』

「あ、いや……。すまない」

優しげに言葉をかけてくる怜一に、いつみは小声で詫びた。

そつない態度をとれているか、自信がない。

『会社で、いっぱい怒られたとか？』

「そういうわけじゃない……」

『でも、今のいつみは弱ってる』

囁くように、怜一は呟いた。
『抱きしめてあげたいなあ……』
「セックスするのか」
掠れた声で、いつみは問う。
いっそう、そうされたかった。
理性も何も吹っ飛ぶように、滅茶苦茶に扱われたい。
自分の、心などなくなってしまってもいい。
何も考えたくなかった。
感じたくなかった。
怜一のことなんて、これっぽっちも。
『だから、そういうのじゃなくて！』
声を張り上げた後、怜一は何かに気付いたように、一瞬だけ沈黙した。
やがて、柔らかな声で付け加えた。
『今、家にいるんだろう？』
「ああ……」
素直に頷いてしまうと、ふと電話の向こうで怜一が笑った。

『今から、家に行く』

「えっ」

『会いに行くよ』

「どうして……！」

『今は、そのほうがいいと思ったから』

通話は、静かに切られた。

気がつくと、いつみはその場に座りこんでいた。

混乱して、飲み込めない気持ちが溢れて、溺れて死にそうになっていた。


部屋のインターフォンが鳴らされるまで、どれだけの間蹲《うずくま》っていたのか。

インターフォンの音で我に返ったいつみは、条件反射のように鍵《かぎ》を開けてしまった。

「オートロックのマンションとかに住んでそうなのに、普通で驚いた。住むところとか、あんまり気にしないタイプ？」

ドアを開けた途端、屈託なく怜一が笑いかけてくる。

そして、問答無用でいつみを抱きしめた。

「……っ！」

いつみは、思わず声を詰める。

怜一の体温は、やけに熱く感じられた。

「……ああ、めちゃくちゃ冷えてるな。なんでだろう、暖房ついてるよな？」

小さく笑った怜一は、いつみの背を何度も何度も撫でた。

「ここ、いつから住んでるんだ？」

「学生時代から……」

小さな声で、いつみは答える。

帰れと、咄嗟に言えなかった。

その時点で、最早いつみの負けだった。

「就職して、引っ越さなかったんだ。大手広告代理店って、給料いいんだろう？」

「……このアパートは、俺の身の丈に合っている。それに、長い間住んでいるし……」

最後は入院したっきりだったが、ここで弟と肩を寄せあうように暮らしてきた。

想い出の部屋を、引き払うことはできない。

過去に浸るように、ずっと生きてきたのだから。

「……なんか、いつみってイメージと本当に違うことばかりだ。そういうギャップも好きだよ」

「やめてくれ」

「顔真っ赤にして、照れてる」

「照れてない……！」

いつみは、大きく首を横に振る。

我ながら、子供っぽいことをしている。

怜一に合わせて、精神年齢が下がるのかもしれない。

「よし、ようやく調子出たじゃないか」

背中をぽんぽんと叩いた怜一は、いつみをようやく解放してくれた。

「鍋の材料買ってきた。一緒に食べよう」

「……なんで」

「凹んでるんだろ。美味しいもの食べて、元気だそう」

にやっと、怜一は笑う。

「俺が作る料理の中で、一番まともなのが鍋なんだ」

肩から、一気に力が抜ける。

また、怜一のペースに巻き込まれている。

それはわかっている。

だが、彼との間に物理的な距離ができたことに、ほっとしていた。


材料を切って揃《そろ》えれば、あとは出汁《だし》で煮込むだけ。

「すき焼きの素を買ってきたから、味は大丈夫なはず」

胸を張って、怜一は言う。

「……そうか」

怜一と二人でこたつを囲んで、鍋を突つくことになるというのは、本当にいつみにとっては意味がわからない状況だ。

どうにも居心地が悪く、あまり食は進まない。

それでも、健啖家《けんたんか》の怜一に釣られるように、いつのまにか箸を運んでいた。

テレビをつけながらの食事で、怜一は他愛のない話しかしなかった。

ちょっとした世間話をしているうちに、強張っていた体もほぐれていく。

他人とは、この程度の距離でいたかった。

「いつみは、鍋好き？」

「好きや嫌いは、考えたことがない」

「なんで」

「鍋を囲むような習慣がなかった」

一瞬躊躇ってから、いつみは正直に答えた。

自分の育った環境が普通じゃないことは、いつみもよく知っている。それをほのめかすようなことを口にして、怜一に何か思われるのは嫌だった。

だからと言って、まるで怜一を意識しているみたいに、嘘をつくのもごめんだった。

「鍋とコンロ持ってきてよかったよ」

準備がいいだろうと、屈託なく怜一は笑っている。

「そういえば、押しかけちゃったけど、いつみって一人暮らしだっけ。家族は？」

「……もう、いない」

「そっか」

家族のことを聞かれると、さすがのいつみも感傷的になってしまう。

しかし、怜一はあっさりした態度だった。

「俺の家族は父親以外は生きてるけど、ずっとばらばら。だから、鍋を囲む習慣はなかったな。父親は死んじゃったし、母親や弟妹とも、年に一、二回しか会わない。あまりお互いに関心がない家なんだ。だから、鍋を囲むのは結構好きだ。家でやれなかった分、外で食べたいっていうか」

「……」

怜一はおそらく、人を嫉《ねた》むとか、羨《うらや》むとかいう感情を知らないのだろう。

家族がばらばらと言うと訳ありにも聞こえるが、何につけても屈託がない。

自分が持たざるものを恨み、嘆くことはなく、素直な気持ちで憧れることができるのだ。

(欲しがらないのか?)

いつみには、欲しいものばかりだった。

そして、欲しいものを手に入れるために、自分の体を売ることを躊躇わなかった。

こんないつみの気持ちは、きっと怜一にはわからないだろう。

「ああ、仲が悪いとかじゃないよ」

いつみの沈黙をどうとったのか、怜一はやけに明るい口調で言い出した。

「なんというか、家族よりも興味の対象が他にある人間ばっかりなんだ。父親も趣味人だったから、母親とは似た者夫婦だし、俺たち子供もその血を継いでるんだろうな」

「ああ、いや、そういうプライベートの話は」

「聞きたくない？」

「……」

「前から思ってたけど、いつみってコミュ障ってわけでもないのに、なんか他人に対して身構えてるよな。こっち来るな、こっち寄るなって態度してる」

怜一は、いつみをじっと見つめてくる。

すき焼き鍋ごしに、やけに真面目な顔をしていた。

「まあ、あんたとヤりたがってる男たちにとっては、そういうクールさが都合いいのかもしれないけど。地位も世間体も大事なら、本気で前のめりになって追いかけてこられたら厄介だろうし」

「……俺にとっても、そのほうが都合がいい」

「でも、それって、クール気取って格好いいっていうより、あんたは利用してるつもりでも、結局ヤリ捨てられてる立場ってことにもなるんじゃないか？　……俺は、あんたにはもっと自分を大事にしてほしいな」

容赦ない怜一の言葉に、怒りは湧かなかった。

いつみは、自分の体の使い勝手のよさを知っている。

だが、決して上等なものでもないということもまた、知っていた。

怜一の言うとおりだ。

いつみは、静かに言った。

「俺の持ち物の中で、一番高値で取引ができるものを差し出してるだけだ。何か問題でもあるのか」

「ある」

怜一は、きっぱり言った。

「俺は、あんたが好きだから」

「そんなこと言われたところで、俺は俺のやり方を変えるつもりはない。……俺自身に価値がなくなるまで、使いつぶすつもりだ」

「どうして」

「どうして、とは」

「あんたって、まるで楽しいことや面白いことを味わうのが、悪いことだとでも思ってない？」

「そんなことは……」

「なんのために仕事してるんだ？」

「……恩のある人に、向いてると言われたから」

「その人も、別にあんたに体売って仕事しろとは言わなかったと思うけどなあ」

「……もう、こんな話をする必要はないだろ」

「でも、俺はあんたのこと知りたい」

「迷惑だ」

「なんで」

怜一は、ぐるっとこたつを周りこみ、いつみの傍《かたわ》らにやってきた。

手を握られて、びくっと肩が震える。

逃げるなと言われているようにも、感じた。

「……俺は別に、おまえに自分を知られたくない」

「でも、俺はあんたと親しくなりたいから、あんたのことも知りたいよ」

「必要ない」

「……どうしてそんなに頑なに、親しい相手を作りたがらないんだ？　あんたのその綺麗な顔に釣られて寄ってきて、あんたのその変に浮き世離れしたところ放っておけなくて、好きになった男はいたはずだ」

「好き……なんて、いらない」

「どうして？　好きになられるのも、誰かを好きになるのも、楽しいし、嬉しいじゃん」

「そんなことはない。……俺には、いらない」

いつみは、絞りだすように呟いた。

「俺が好きだったものは、もうこの世にはいない」

「……それってさ、前に好きだったものが大事だから、もう新しく好きなものは作りたくないってことだろう」

「……っ」

いつみは、はっとした。

言葉にできない心の内を、そんなふうに言い当てられたのは、初めてのことだった。

怜一の言うとおりだ。

フユさんも、みつみもいない。

二人だけを特別なままにしておきたいから、他に好きなものはいらない。

仕事に打ち込んで、他のものは切り捨てた。

自分の心の中に入りこんでくるものは、いらなかった。

いなくなってしまった二人を、特等席においておくために。

「……子供だなあ。ある意味純粋っていうか、なんか……」

怜一は、苦笑いする。

「あんたのなくした『好きなもの』って、何？」

「……」

いつみは黙りこむ。

どう言えばいいのか、わからない。

そんなことを聞くなと、突っぱねてもよかった。

だが、いつしか静かな気持ちになっていて、それもできなかった。

「人間？」

静かに尋ねられ、いつみも静かに頷く。

「ああ」

「家族とか」

「……家族と、恩人だ」

尋ねられるまま、答えてしまう。

怜一に、心の中を覗き込まれるのも、記憶を分かち合うのもごめんだと思っていた。

でも今、怜一の手のあたたかさに、いつみの頑なさは溶かされてしまったようだ。

「恩人、ね……」

怜一は、その言葉を咀嚼しているようだ。

何が引っかかったのか、よくわからないが。

「俺は、あの人に恩を返せてない。あの人だけは、俺を差し出したのに受け取ってもらえなかった」

「セックスしなかったんだ？」

怜一の問いかけに、いつみは頷いた。

「そうだ」

フユさんとは、何もしていない。

何もしていないゆえに、彼はいつみの特別な存在になった。

「……ふうん」

怜一は俯いた。

「そうか……」

何か考えごとをしているように、心ここにあらずにも聞こえる呟きが、静かにいつみの鼓膜を揺さぶる。

「その人も、きっとあんたのことが好きだったんだろうな」

たしかに、好かれていたのだろう。

フユさんの顔を、ぼんやりといつみは思い出していた。

とても大事にしてくれた。

フユさんは、いつみとセックスしないことで、その気持ちを教えてくれたのだ。

（……言われなくても、わかってる。俺は、たしかに駄々をこねてるんだ）

フユさん以外の相手を作らない。

他の誰とも、関わらない。

そんな方法でしか、いかに彼が特別な存在だったかと、示す術がもうないのだ。

「愛情深いんだな」

いつみの手を握りしめたまま、怜一は呟く。

そして、彼は恭しく、いつみの手の甲に口づけた。

「俺にも、あんたのその愛情が欲しい」

「……図々しいんだ、おまえは」

思わず、いつみは呻いた。

「そうやって人を振り回して、無遠慮に入りこんできて……」

「へえ。俺、ちゃんとあんたの中に入り込めてるんだ」

「あっ、今のは、ちが……っ！」

嬉しそうな怜一の言葉に、いつみははっとした。

何も、そんなつもりで……、怜一が特別なのだと認めたつもりはない。

「……だから、あんたを怖がらせたり、警戒させたりしたってことかな。体冷えるほど、強張らせたり……」

「……っ」

言い返せない。

たしかに、いつみは怜一を警戒していた。

そう、この男のこういうところが嫌だった！

「もう、認めろよ。あんたは、俺のことが好きになれそうだから怖いんだ」

ぐっと、怜一はいつみの中に入りこんでこようとする。

握られた手は力強く、いつみは険しい表情になった。

「おまえ、本当に図々しいな！」

憎まれ口を叩いてやっても、怜一は笑っている。

「図々しい男だから、言い続けることができるんだよ。あんたに、もう一切関わる気なんてありませんて態度とられても、懲りずにさ」

「あ……っ」

抱きすくめられ、思わずいつみは声をあげる。

怜一は広い胸の中に、しっかりといつみを抱きしめた。

もう二度と逃がさないと、強い意思を示すかのように。

「俺にしとけよ、いつみ。あんたみたいに面倒くさいけど可愛い男、俺くらい図々しくないと幸せにできないから」

子供に言い聞かせるような、甘ったるい口調で怜一は囁く。

「やだ、放せ……！」

「放さない」

怜一は、その場にいつみを押し倒した。

「……でも、あんたが本気で抵抗するなら、いつだって放してやるよ」

「……ずる、い……」

優しげな言葉に思わず漏れた言葉は、もはや白旗も同然だった。

怜一はずるい。

いつみが、本気で抵抗できないことがわかっているのに、そんなことを言う。

入りこまれている。

捕まっている。

最早あとは、いつみの心ひとつだ。

怜一を認めてしまったら、負ける。

「ああ、そうだ。俺は狡いんだ」

いつみの頬を両手で挟むと、怜一はキスをしてきた。

「狡い男に捕まったから、あんたはもう、ギブアップすればいいんだよ」

笑いながら、怜一はいつみを捕まえた。


「……あっ、や、だ……」

怜一の体の下で、いつみはしきりに体を捩《よじ》っていた。

「……あっ、や……、もう、いい……！」

もがくと、こたつやらテレビ台やらに、足が当たる。

その痛みも気にならないほどに、怜一の与える快楽に、いつみは夢中になっていた。

押し倒され、気がつけば中途半端に服を脱がされていた。

乳首も性器も舐めしゃぶられ、掌で擦られ、爪でいじくられて、いつみの体はすぐにどろどろになってしまった。

そして、後孔は無防備に怜一に対して陥落した。

こんなことは、初めてだ。

どれほど男に抱かれようとも、快楽に溺れたことはない。

怜一に初めて抱かれたときも、意識はもっていかれそうになったものの、辛うじて踏みとどまっていたのだから。

でも、今は違う。

大きく足を広げさせられ、いつみの奥深くまで迎え入れた彼の欲望に、狂わされている。

夢中になっている。

「……あっ、ひ……ぁ……っ！」

「……熱い、な……」

いつみの奥を突き上げながら、怜一は笑う。

「すごく締まってる。なあ、もっと俺の腰に足を絡めろよ」

「……あっ、いやあ……っ！」

ずんと一際奥まで突き上げられ、いつみは甲高い声を上げた。

服もみっともなく脱げかけで、啜《すす》り泣くようなみっともない顔をさらしながら、怜一に縋《すが》りついていた。

「何が嫌？　めちゃくちゃ気持ちよさそうなのに」

「う……っ」

強く揺すぶられて、思わずいつみは咽び泣いた。

気持ちいいのが嫌だ。

我を忘れそうなのも、嫌だ。

「気持ちよすぎて、嫌って言ってるのか？　本当に、可愛いなあ」

笑いながら、怜一はいつみを抱きしめる。

「好きだよ、いつみ」

「……俺は、好きじゃない……っ」

「でも、俺とのセックスは気持ちいい？」

「う……っ、うう……」

ぐずぐずに理性を溶かされて、快楽の奴隷になっている。

そのせいか、涙腺《るいせん》がもろくなっていた。

いつみは小さく涙を啜りあげながら、怜一の欲望に翻弄されていた。

彼の腰に足を絡めることで、ぎちぎちに体内を締め付けてしまう。そこを、力強く突き上げられる

と、意識が飛びそうになる。

「愛してるよ」

怜一は、好きだ、愛してると繰り返し、何度も何度もキスをする。

ぶつけられる感情を不器用に受け取りながら、いつみは壊れた。

怜一に溺れてしまった。

第六章

目覚ましの音か、聞き慣れない電話の呼び出し音か。

どこからか、耳障りな音が聞こえてきて、いつみは目を開けた。

知らない部屋に泊まるのも、聞き慣れない音で目を覚ますのも、いつみはどちらも慣れている。

夜を過ごした相手は、それだけ多い。

だが、自分の部屋でセックスをしたのは、初めてだ。

(……今までの、どの夜とも違った)

自分のテリトリーである部屋に、男を招いたことなんてない。

ここは、いつみが大事に守っているプライベートの場所だった。

失いたくない想い出が詰まった部屋。

それなのに、怜一を拒みきれず、彼の欲望を呑み込み、どろどろに溶けるまで交わってしまった。

理性も、意地も突き崩すほど、怜一の情熱が強烈だった。

(電話、か……)

起き上がらないまま視線だけ巡らしていたいつみは、音がどこから聞こえてくるのか、ようやく気がついた。

放り出された怜一のスマートフォンが、ずっと震えっぱなしだ。

怜一は、どこに行ったのだろう。

耳を澄ますと、水音が聞こえる。

（……風呂か）

もう少し、うとうととまどろんでいたい。

スマートフォンの震動が気になって、追いやろうと手を伸ばしたいつみは、あやまって受話器のボタンを押してしまった。

『ようやく出た！』

知らない声が、聞こえてくる。

『おい、春馬、何してんだよ。あの冷泉いつみのところにいるのか？　電話切るなり、血相かえて駆けだしてさ！　ごめんじゃないぞ、あの後、日鷹《ひだか》は大荒れで大変だったんだからな。おまえ、今度おごれよ！』

いきなりまくし立てられて、一気に目が覚める。

思わず、いつみは呟いた。

「日鷹……？　日鷹さんて、もしかして――」

競馬場の広報のと呟いた途端、電話の向こうで『げっ！』という声が漏れる。

『おまえ、まさか冷泉いつみか！　おい、俺のツレ二人もたぶらかしてんなよ！』

「……そういうことか」

いつみの呟きは、向こうには届いていないだろう。

通話は、既に切れていた。


「あれ、いつみ。起きてたんだ、おはよう」

間が悪く、怜一が戻ってきたのはそのときだ。

のんきに声をかけてきた怜一を、静かにいつみは振り返る。

そして、感情の籠《こ》もらない瞳で、じっと怜一を見つめた。

「……おまえは、日鷹さんの友人だったのか」

「……」

怜一は、眉を顰める。

「まさか、日鷹が電話かけてきたのか」

「いや、違う。多分、他のおまえの友達」

「……ああ、なるほど」

はあ、と怜一は呟く。

「日鷹さんに話を聞いて、俺に近づいたのか」

いつみは自分がどんなつもりで、話を続けているのかも、よくわからなくなっている。

責めたいのか？

いや、いつみにそんな権利はない。

（日鷹さんの関係者なら、責められるのは俺だろう）

「そう、ツレを泣かせた男の顔を拝みたくなった」

あっさりと、怜一は認めた。


日鷹七生《ななお》というのは、いつみが出世したきっかけになった仕事の相手だ。競馬場を運営している団体の、広報担当者だ。

基本的には同業他社にしかCMを発注していなかったその団体だが、ギャンブルの仕事は予算も多めで何かと美味しい。コンペに参入するきっかけを作るために、いつみは彼に体を売った。

彼にも損をさせなかったと、思っている。

彼は年間の広告費を圧縮し、さらにクオリティの高いCM戦略を手に入れた。社内評価が上がったと、喜んでもいた。

ただ、若いせいなのか、これまでの相手とは少し勝手が違った。

結構、しつこく食い下がってきたのだ。

できれば気を持たせたままでいたかったが、付き合うつもりなんてないのだと、はっきりと告げることにしたのは、日鷹の独占欲をもてあましたからだ。

日鷹のご機嫌とりを諦《あきら》めても、今更契約を切られない自信はあった。

いつみは、それだけの仕事をしている。

彼からすると、評価の高い仕事をせっかくしたのに、いつみの会社を切ることはできないのだと思う。

今は、顧客フォローと継続案件を担当する部署と、仕事をしているはずだ。

「俺へ、復讐でもするつもりだったのか？」

熱くなっていた体が、冷えていく。

「日鷹は俺が日本の小学校に通っていた時期からの友人なんだ。幼馴染みってヤツかな」

怜一は、案外淡々としていた。

声に、いつみを責めるようなニュアンスはない。

「あんたにあっさり切り捨てられて、あいつ荒れてさあ」

「……」

いつみと縁が切れた男のその後のことなど、聞く機会は今までなかった。

日鷹の顔は覚えているものの、もはや彼との記憶はただのデータに過ぎなかった。

思い浮かべても、なんの感慨も浮かばない。

「気がいいヤツなんだ、あいつ」

怜一の声は、優しい。

いつみとは違い、日鷹への思いやりが伝わってきた。

「あんたを恨むのが逆恨みだってこともわかってるけど、やっぱり悲しかったんだって。だから……」

怜一は、肩を竦めた。

「俺に近づいて、夢中にさせて、捨てようと思っていたのか」

我ながら、ぞっとするほど冷えた声が出る。

抱かれて火照っていた体が、一気に冷えていくような気がした。

「……さすがに、そこまで根性悪くないよ」

怜一は、小さく首を横に振る。

「そんな復讐心燃え立たせても、誰にもプラスにならないだろ。あんたが、日鷹のものになるわけでもない」

真っ直ぐ見つめられて、いつみはたじろいだ。

圧倒的に、怜一からは陽光の気配しかしない。

彼には、後ろ暗い負の感情はないように見えた。

「でも、一言言ってやりたかったたってのはある」

怜一は言葉を選ぶように、一度黙りこんだ。

そして、しばらくしてから、先ほどよりも慎重に口を開いた。

「日鷹の件はきっかけ、かな。あんたの名前をまさかツレの口から聞くとは思わなくてさ……。名前聞いて、あんたっていう存在のこと思い出したら、どうしても会いたくなった」

「思い出す？　俺は、おまえとは初対面だったはずだ」

「……うん、そうだろうな」

「どういうことだ？」

「まあ、俺にも色々あって。近づいた理由は、別にあんたの顔に一目惚《ぼ》れしたってわけじゃない。これは、本当」

怜一は、大真面目な表情になる。

「でも、あんたも知ってのとおり、俺はあんたに惚れた」

怜一の言葉に、いつみは面食らう。

今の話の流れで、どうしてそんなことになるんだろうか。

いつみがどんな人間か知っていて、一度抱かれた男を平然と切り捨てられると知っていて、惚れた？

怜一は、あまりにも悪趣味だ。

「……そこは、理由があって関係を持ったっていう話じゃないのか」

「しないよ、そんなの」

怜一は、肩を竦めた。

「あんたから、リスケの要請電話がかかってきたときには、ちょうど日鷹たちに謝ってたんだ。ごめん、俺もいつみに惚れたって」

「な……」

いつみは、さすがに唖然《あぜん》とする。

「なんで、そんなカミングアウトをしてるんだ！」

友人を捨てた男に惚れて追いかけ回していると……、怜一は当の友人たちに告げたというのか。

いつみにまともな友人関係がなくとも、そんなことをしたら、一気に友人をなくしてしまう可能性があることくらい、想像はつく。

「おまえ、馬鹿なのか」

「だって、フェアじゃないだろ。……まあ、俺が楽になりたいだけだって責められたら、それはそうかもしれないけど。長い付き合いのあるツレだからこそ、隠してこそこそできなかった」

怜一は、大真面目だ。

まるで子供みたいに純粋な表情をしている。

「縁切られても、殴られても、仕方ない。それでも、俺はあんたが好きだ」

「信じられない……」

この期に及んで、怜一はまだいつみのことを好きだと言っている。

いつみは、小さく首を横に振った。

「おまえは、俺が思っていたよりも、ずっと馬鹿だったんだな」

「馬鹿馬鹿言われると、さすがに傷つくな。……まあ、でも、馬鹿かもしれないな。おまえまで引っかかるって何考えてるんだよとか、日鷹と穴兄弟って信じられんとか、散々なこと言われてきたしさあ」

「そういう話をしてるときに、全部放り出して俺のところに来たのか」

「友達も、あんたも両方大事にできればよかったんだけど」

怜一は、深い息をついた。

「でも、あのときは、あんたがとても心細そうな、頼りなげな声をしていたから……。駆けつけたいっていう気持ちが、勝っちゃったんだよ。一人にしておけなかった」

怜一は決して、男友達がどうでもいいというようなタイプではない。

賛否両論はあるだろうけれど、優しい嘘をつけない子供っぽい選択だろうとも、友人に切実でありたいと、いつみとの関係を話したのだろう。

いつみと関係を持ってきた男たちの誰とも、怜一は違う。

こんな男が真正面からぶつかってきたから、受け止めきれずに、いつみも翻弄されてしまったのかもしれない。

「……やっぱり、おまえは馬鹿だ」

いつみは、小さく呻いた。

この真っ直ぐすぎるほどの男が、友人を踏みにじるような真似をした。

しかも、いつみのために。

ありえない。

怜一が大事にするべきは、いつみではなく友人たちのほうだろうに。

「なんで？」

「俺は、一人で平気だ。おまえのことなんて、いらない。それなのに、友達捨てて駆けつけてくるヤツがあるか」

いつみは、額に手を当てる。

頭がくらくらしてきた。

「うん、恋に本気になると馬鹿になるな。あんた、可愛いんだもん」

怜一は、小さく息をつく。

「近づいた理由が理由だから、怒ってる？」

それまで迷いのなかった怜一が、初めて躊躇するような口ぶりになる。

おずおずと向けられた視線に、いつみは黙って首を横に振った。

「……俺に、怒る権利はないっていうのは知ってる」

「あんた、こういうときは異常に物わかりがいいな。でも、一発くらい殴ってもいいよ。腹が立ってるだろう？」

「そんなことはない」

「腹立ててほしかったな。馬鹿にするなって。……あんたが怒らないのは、自分を大事にしていないようにも見えて、少し辛い」

怜一は、苦笑いする。

「今度日鷹に会ったら、あんたの分も殴られることにしようかな。まあ、こんなのは俺の自己満足でしかないけど」

「友達に、嫌われただろ」

「怒られたし、呆れられた。当然だろうな」

怜一は、ばつが悪そうな表情になった。

「ほら、いつかホテルで会ったツレいたじゃん。あいつ、俺があんたに興味本位に近づくのも嫌がってたんだけど……」

怜一は、いつみの手からスマホをとった。

「ああ、やっぱり。電話かけてきたのは、あのホテルで会ったヤツだよ」

「……」

いつみは、敵意の籠もった眼差しを思い出していた。

友人のために、あんなふうに怒る男だ。

怜一も、さぞ肩身の狭い思いをするのではないか。

「いい、友達じゃないか。そんな相手に嫌われるようなことをした、自分が馬鹿だとは思わないのか？」

「いつみと付き合うから、絶交されるって？　そうかもしれないし、そうじゃないかもしれない。どっちにしても、俺はあんたを選んでしまった」

怜一は、迷いのない目をしていた。

「ただ、日鷹は、絶交するとは言ってなかったな。どっちかっていうと、あんたを本気にさせられなかったって悔しがってた。あんたが張り巡らせてる冷たい壁をこえる勇気がなかったって言って、自分自身に怒っていた」

「えっ、まさか」

「……なあ、気がいい男だろう？　あんたじゃなくて、自分を責めてるんだ」

怜一は、小さな笑いをこぼした。

「あんたが今まで利用してきた相手は、みんな優しかったんだと思うよ。だからあんたは、男を渡り歩くような真似をしても、トラブルに巻き込まれなかった」

「……優しい？」

怜一の思いがけない言葉に、思わず鸚鵡返しになる。

はっと、胸を突かれた。

男を上手くあしらっているというのは思い上がりなのだと、鋭く批判された気がした。

実際に、それは正しいのかもしれない。

(そうか、みんな優しかったのか)

いつみが他人と深く関わりたがっていないことを察し、引いていってくれる優しさ。それは、大人の社交術と言い換えることができるのかもしれない。

脳裏に、今まで出会った男たちの顔が過っていく。

ありがとうと言うのはおかしいだろうけれど、今まで感じたことのない良心の呵責《かしゃく》が湧き上がってきた。

「……もう、取引なんて俺で最後にしておけ」

いつみの頬を包みこむように、怜一は手を添えてくる。

「そしてこの先は、本当に関係を持ちたい相手とだけセックスしろよ」

「おまえじゃないかもな」

「そうだとしても」

怜一は、はっきりと言い切った。

「それでも、俺はいつみが好きだ」

迷いのない言葉に、圧倒される。

いつみは、自分の心が揺れるのを感じていた。

好きなものがいなくなった世界で、不干渉であることを望んでいた気持ちが、今、怜一の存在で溶かしだされていく。

「それでいいのか、おまえは。俺がどういう男か知ってるんだろう？」

「知ってる。知っていて、好きになった」

いつみになんか引っかかって、友達と揉《も》めるような男のくせに、怜一は凜《りん》としている。

「……これは本当だから、信じてほしい。あんたの何もかもを知っても、それでも愛してる」

「馬鹿だな……」

掠れた声で、いつみは呻く。

本当に、怜一は馬鹿だ。

なんでこの男は、いつみを選んでしまったんだろう。

他にもっと、この男に大事にされるべき存在はいただろうに。

「……まあ、何かを好きになって、夢中になる気持ちって、そういうものじゃないのか。みんな、馬鹿になる」

怜一は、いつみを抱きしめた。

上半身裸のままの彼の胸は、熱かった。

「あんただって、馬鹿になってる」

囁かれて、思わずいつみは頷いてしまった。

「……ああ、本当に馬鹿だ」

いつみは目を閉じた。

いつみを振り回し、引っかき回す男。

嘘をつかないわけじゃない。

隠し事がないわけでもない。

ただ、いつみへの愛情にだけは真っ直ぐだ。

その男が中へ入りこんでくることを、いつみは許すしかなくなっていた。

失った好きなものたちの想い出だけで、生きていくつもりでいた。

それなのに、今まで大事にしていたものを振り切るように、怜一を受け入れてしまった。

「なんで、こんな図々しい男に……」

「図々しいから、よかったんだろう?」

いつみの髪をあやすように、怜一は撫でる。

「臆病なあんたを、俺だけは引っ張りだしてやれるよ。……見えない壁の外へと」

「頼んじゃいない」

「……ああ、そうだな。俺の望みだ。でも、死んだ人たちもきっと、望むんじゃない？　だって、あんたはまだ生きている」

優しく囁いた怜一は、いつみの額にそっと口づける。

「わかったようなことを」

呟きながらも、いつみは怜一を拒まなかった。

第七章

いつみは、春馬怜一に陥落した。


恋人を持つということに後ろめたさがなかったと言えば、嘘になる。

特別な存在を作らないことで、遠くにいってしまった相手への愛情を示してきたいつみにとっては、過去の否定にもなった。

だが、いつみは迷いつつも、怜一の手をとった。

「いつみに大事な人がいることは知ってる。二人もいるなら、三人めができたって、大丈夫だよ。いつみは俺もいれて全員、特別に大事にできると思う」などと、怜一はちゃっかりしたことを言っていた。

その押しの強さは、やっぱり図々しいとは思ったものの、いつみの過去を丸ごと肯定する彼の言葉に、気持ちが軽くなったのも事実だ。

もう一人、特別な相手が増えたからといっても、決して今まで大事だった相手が大事でなくなるわけではない。

死んだ相手のために他にできることがないからと、頑なになっていたいつみは馬鹿だ。

馬鹿だが……、それもまたいつみのために必要だったのだと、故人を悼む気持ちを誰にも馬鹿にはできないと、怜一は優しいことを言ってくれた。

ここにきて、いつみが怜一を拒むことは難しかった。

だから、いつみは負けを認めたのだ。

いや、勝ち負けで考えるのが、そもそも間違っているのだろうか。

なんにしても、怜一の考え方を混じらせて、いつみは自分のものとしたのだった。

いつみにできた、特別な存在。

恋人がいるからといって、生活が百八十度変わるわけじゃない。

ただ、今まで仕事しかなかったいつみに、恋人と過ごす時間というものができた。

それで何が違うというわけでもないけれど、明らかに気持ちには張りが出る。仕事も順調に回る気がするのは、いっそう不思議だ。

このまま、幸せになっていいのだろうか。

そう思いはじめた矢先、いつみは怜一の隠し事を知ってしまった。

怜一が、フユさんの息子だったことに。


「……なんで、こんな」

その写真を目に留めて、いつみは呆然としてしまった。

今度、いつみを連れていきたいところがあると、やけに改まった口調で言われた矢先だった。

たまたま、雑誌に出稿した広告をチェックしていたとき、女性誌で初めて特集された怜一のページを見てしまい……、いつみは気がついた。

彼の父親の写真に。

「俳人」と書かれていた。

号は冬岳《とうがく》。

「フユさん……？」

写真には、簡単なプロフィールが添えられていた。

彼は大地主の家系に生まれ、生涯を粋で費やしたのだという。

妻は華道家で、子供たちは長男怜一がモデル、長女が舞踏家、次男は小説家。なるほど、趣味に生きる一族というのは嘘じゃない。

でも、怜一は肝心なことを話してくれていなかった。

母親という人の写真を見て、ぞくっとする。

歳をとってはいても、美しい。

彼女は間違いなく、いつみに憎しみの眼差しを向けた人だった。

(怜一は知らなかった……？　いや、そんなはずがない。言ってたじゃないか、俺に近づきたい理由があったのだと)

ことがことだけに、話すタイミングを計っていたのだろうか。

……それとも、さすがに言い出しにくかったのか。

怜一がすべてを知っているとは限らない。

たとえば、彼の母親が、いつみを憎んでいることを。

(怜一は……。いくらあいつが一直線な性格でも、母親に俺のことまで話してないよな……)

彼女が知ったら、どう思うだろう。

怜一は友達よりいつみを選んだ。

その後のことは聞いていないし、怜一もあえて何も言わないだろうけれど、前みたいな友人関係に戻っているとは限らない。

そして、次には家族と揉めるのだろうか。

(いくらなんでも、駄目だろう)

いつみは、首を横に振る。

怜一はきっと、気にするなと言う。

実際に、彼は言葉どおり気にしないのかもしれない。

だが、かわりにいつみが気にするし……、こんなことを言うのはおかしいかもしれないが、彼を守りたいと思った。

怜一と家族の関係が悪くなるのを、見ていられない。

今日、これから怜一に会う。

一緒に来てほしいところがあると、怜一は言っていた。

いったい、どこに連れていく気なんだろうか。

怜一と過ごす時間が重なるにつれて、いつみと彼の関係性は深いものになっていく。今日もまた、これまでの自分たちよりも、もっと濃密な仲になるはずだ。

そしていつか、離れられなくなってしまう。

(……ダメ、だ)

やはり、いつみは怜一の恋人になるべきではなかった。

いつみが今までしてきたことが、どこまでも陰となって追いかけてくる。

その陰に、怜一まで呑み込ませるわけにはいかなかった。

痛烈に、思い知る。

いつか怜一が言っていたとおり、これまでいつみがトラブルに巻き込まれずにすんでいたのは、みんな優しかったからに違いない。

「別れよう」

待ち合わせの場所に着くなり意思表示をすれば、怜一はさすがに面食らった表情になった。

「待って、なんで」

「おまえの恋人であることが、嫌になったからだ」

そう言ったのは、フユさんの息子と知ったからと言えば、怜一が「気にするな」と言うだろうと思ったからだ。

いつみはこれ以上、怜一に陰を背負わせたくはない。

自分のせいにして、別れたほうがマシだ。

誰かのために泥を被るなんていうことをしたのは初めてだから、上手くできているのかわからない。

怜一を信じさせられるだけの、演技は出来ているだろうか？

ちらりと様子を窺《うかが》えば、彼は呆れたように溜息をついた。

「いやいや、嫌になったならなったで、もうちょっとそれらしい顔作れって」

いつみの言葉をまるっきり信じていない様子で、怜一はたしなめてくる。

「なあ、何があったんだ？」

怜一は、いつみの顔を覗きこむ。

この街中だ。

さすがに抱きしめてはこないが、怜一はいつみの袖口を強く握ってきた。

いつみは、しかめっ面になる。

自分はどうやら、思っている以上に、ポーカーフェイスが苦手なようだ。

「おまえだって、心当たりがあるんじゃないか？」

ねめつけると、怜一は首を横に振る。

「いや、まったく」

(触れないわけにはいかない、か)

怜一は、わざととぼけているだけかもしれない。

だが、この調子ではのれんに腕押しになるだろう。

いつみがはっきり、言葉にするしかないようだ。

「来週出る雑誌の見本誌が、うちの会社に来た」

言葉を切ったいつみは、鋭く付け加える。

「……おまえの家族の写真を見た」

「えっ、もう？」

怜一は、目を丸くする。

驚いてはいるが、焦っている様子はない。

「別れる理由は、それだけで十分じゃないか？」

怜一は、肩を竦めた。

「……タイミング悪いな。今日、話をするつもりだったのに」

「誤魔化されてたまるか」

とってつけたようなことを言われ、いつみは逆に眉間に皺を寄せる。

怜一のよいところは、真正面からぶつかってくる性格だというのに、こんな下手な誤魔化しをするのはなぜだろう。

それがいつみのせいだというのなら、ますますいつみは自分のことを許せなくなってしまいそうだ。

「いや、本気」

きっぱりと首を横に振った怜一は、さらりと付け加えた。

「今日は、いつみを墓参りに連れていくつもりだったんだ。……父さんの」

父さんという言葉の生々しさに、いつみの心臓が音を大きく立てる。

「……フユさんの？」

「あんたは、あの人のことそう呼んでたんだな」

怜一は、懐かしそうに目を細める。

意外だ。

目の前の男はいつみの恋人だが、フユさんの家族でもある。

いつみは、彼の家族には憎まれているはずだった。

だが、怜一は少なくとも、いつみを愛おしそうな目で見つめてくるだけだ。

「話が話だけに、どこから切り出せばいいのかわからなくてさ……。本当は、もっと早くに墓参りに連れていくつもりだったんだけど、延び延びになってたんだ」

「……本当なのか?」

怜一の言葉から、嘘は感じない。

しかし、そんな都合のいい話があるのだろうか。

いつみはつい、窺うように尋ねてしまう。

そもそも、恋をすれば人は馬鹿なことをするものだとはいえ、怜一は友達を捨て、かつて父親と擬似的な愛人だった男と、本当に付き合っていいのだろうか。

いつみが言うことじゃないが、インモラルだ。

そして、怜一は、そんな薄暗い関係が似合うような男じゃない。

(俺たちは、恋人同士でいては駄目じゃないのか?)

自分たちは、あまりにも違いがありすぎる。

ゆえに、離れたほうがお互いに幸せになれるのではないか。

いつみの胸は、後悔と躊躇でいっぱいだ。

怜一が嫌いになったわけじゃない。

自分という存在が彼のためにならないなら、自分自身のことこそ、嫌いになる。

「俺は、たしかにいつみに大事なことは黙ってたけど、嘘はつかないよ」

きっぱりと、怜一は言う。

真っ直ぐ見つめられると、信じてしまいたくなる。

「本当はさ……。ほら、俺の友達にホテルで会っただろう？　あの日に、いつみを墓参りにつれていくつもりだった」

勢いでセックスしちゃったけどな、と怜一は苦笑いした。

「……あの日は、なんていうか、いつみはやっぱり契約で……、父さんとセックスしてたのかって思っちゃって」

「してない」

いつみは、小さく息をついた。

「俺も、嘘は言わない。本当に、してない」

「信じるよ」

怜一は、力強く頷いた。

「あんたは俺より年上とはいえ、そんなに年齢が変わらないもんな。さすがに、父さんが自由人とはいえ、無茶はしなかったんだろうって、今なら思う」

はあ、と怜一は溜息をついた。

「最初にあんたの存在を知ったときは、びっくりしたけどさ」

「いったい、いつから？」

「父さんが死んだとき。母さんが荒れててさ……」

「……それは、そうだろうな」

いつみは、項垂れる。

胸が、じくじくと痛んでいた。

いつみを睨み付けたあの綺麗な女性は、やはりいつみを憎んでいたのだ。

憎まれるのは、当然の報いだ。

そして、憎まれる程度では、いつみのしたことの罪は拭えないのではないか……。

「俺は、フユさんとはセックスしてない。でも、家族以外にあんなに湯水のように金を使われたら、いい気はしないだろう」

それに、いつみのほうは、フユさんに身売りをするつもりだった。

そういう関係にならなかったのは、ひとえにフユさんがいい人だからだ。

恨まれたって、当たり前だ。

「そうかな。いつみ一人に貢いだところで、別に生活困るわけじゃないし……。父さんの金で、いつみが立派に成長したなら、それでいい気がする」

「いや、よくないだろう」

いつみは、小さく首を横に振る。

「たとえば、フユさんの奥さんは……、おまえの母親は俺を許さないだろう」

「いつみを許さないっていうよりも、少年に手を出す父さんの性根が許せないって、最初は思ってたみたいだけどなあ」

当時を思い出すように遠い目をして、怜一は言った。

「俺も正直、いつみの年齢を知ったときには『勘弁してくれ、親父』と思った。心の底から」

「……フユさんはいい人だ。だから、何もしなかった」

「ああ。本当に、楽しいことが大好きで、楽しければ他はどうでもいいって人ではあったけれど、そういうところだけは、本当によかったと思う」

怜一は、穏やかな表情をしていた。

「いつみへの援助は、その場その場で散財ばっかしていた父さんにとっては、初めての生きたお金の使い方だったんじゃないのかなあ」

「生きたお金……」

その言葉は、かつてフユさんからも聞いた気がする。

(あのときの俺には、理解できなかった。……でも、今ならわかる気がする。たしかに、フユさんのおかげで、俺はちゃんと社会人になれた)

やはり、怜一とフユさんは親子なのだ。

あらためて、いつみは実感していた。

親子二人して、いつみの特別な存在になった。

「誰かの未来のためになったってことだよ」

怜一の言葉は、すとんといつみの中に入りこんできた。

果たして、いつみがフユさんの期待してくれたとおりの大人になっているのかは、わからない。

むしろ、大事な息子をたぶらかして、怒られてしまうのではないか。

「それにさ、いつみと出会えた今、父さんには感謝しかないな。だって、いつみが今の仕事をしていなかったら、俺たち恋人になれなかったかもしれないじゃん」

「おまえはそれでいいのか。何度も言うが、俺はフユさんと——」

「ああ、わかってる。全部」

深く、怜一は頷いた。

「いつみには悪いけど、いつみがどうして父さんに会ったのか、どういう関係だったのかは、母さんが興信所使って全部調べてるから」

「……そうか」

「不愉快だろ、ごめん」

「いや、俺にそんなことを言う資格はない」

いつみは、きっぱりと首を横に振る。

「それよりも、おまえはもう少し気にしろ。俺はずっと体を売って生きてきた。フユさんに出会ったおかげで、その世界から足は洗ったけれど……。結局、自分の体が何かの対価にしか思えなかった」

「知ってる。そういういつみの不器用さも、俺にとってはチャームポイントにしか見えない」

怜一は、いつみの髪にそっと触れた。

優しく髪を撫でられ、いつみは俯く。

後ろめたいと同時に、自分に触れてくる掌を突き放すことの難しさを感じていた。

だって、こんなにも愛しい。

「……いつみが自分を大事にすることが苦手なら、俺がいつみの分もいつみを大事にする。だからいつみは、他の男になんて自分を差し出さず、全部俺にくれよ」

「馬鹿だ、おまえは」

目の奥が、つんと熱くなる。

それを必死で堪えながら、いつみは震える唇を動かした。

「俺なんかに拘ってると、友達の次は家族をなくすよ」

「大丈夫」

「秘密にしきれるものじゃない」

「秘密になんてしてないよ」

からっとした笑顔で、怜一は言う。

「……は？」

怜一の言葉は、ワンクッション置いてからいつみの中に入ってきた。

正確にいえば、最初は理解することを理性が拒んだ。

「なに言ってるんだ、おまえ……！」

「秘密にしてないって話？」

怜一は、小さく首を傾げる。

「勿論、家族にも恋人ができたって話したよ」

「……俺だって？」

「当たり前じゃん」

「おまえ、本当に馬鹿だろ！　そういうのは、もう少し考えて……！」

「考えた」

怜一は、毅然《きぜん》と言う。

「考えたから、話をしたんだ。俺、ずっとあんたと付き合っていきたいし。家族にも隠しておくなんて、無理だろう」

「怜一……」

「奇縁もあるものだって、驚かれた」

「そんなことですむかよ……」

「すんだよ」

やけに自信たっぷりに、怜一は言う。

「だから、今日は母さんも一緒なんだ」

静かな、足音が近づいてくる。

写真で見たばかりのその女性は、優しく笑いかけてきた。

「久しぶりね、『いつみくん』？」

「……！」

いつみは、文字通り言葉を失った。

「フユさんの、奥さん……？」

信じられない。

かつて、病院でいつみを睨み付けてきたその人は、今は穏やかな表情をしている。

「……立派な大人に……、うちの子が惚れ込むくらい魅力的な大人になったら、夫の『投資』は実を結んだってことかしら」

怜一の母親は、あくまで冷静だった。

フユさんが亡くなったときとは、まったく印象が異なる。

戸惑いの視線を向けるいつみに、彼女は言った。

「交通事故のとき、夫に付き添ってくれてありがとう。あのときは、動転していて、ろくなお礼も言えなかったわ」

「お礼だなんて、そんな、それどころか俺は」

いつみは困惑していた。

憎まれても当然だと、思っていた。

こんなに穏やかに接されると、かえって戸惑う。

フユさんにしても、怜一にしても、この女性にしても、春馬家の人々は、いつみを戸惑わせるのがとても上手だ。

「……あなたが夫とどうやって知り合ったかは、知っています。小さい頃から苦労していたことも」

はんなりと、フユさんの奥さんは微笑んだ。

「でもまあ、すべて過ぎたことよ。最初、興信所にあなたの存在を知らされたときは倒れたし、夫を平手打ちしたけれど」

「フユさんを……？」

「だって、そうでしょう。あなたはまだ子供だった」

フユさんの奥さんは、深々と溜息をついた。

「でも、夫はどうしても放っておけないんだって言い張ってね」

「フユさんとあなたで、俺の話をしたんですか？」

「ええ、そうよ。あの人に、『いくらなんでも未成年に手を出すってどういうこと？』って問い詰めたときに、言ってたのよ。最初はやましい気持ちしかなかったけれど、今は違うって。息子みたいなものだってね」

「フユさんが、そんなことを」

やましい気持ちしかなかったと、あっさり白状しているあたり、怜一とフユさんは親子だけあって性格がよく似ているのか。

それにしても、息子だと思われていたとは、知らなかった。

(……ああ、だからセックスしなかったのか)

父から愛されるということを、いつみは知らない。

でも、そんないつみを、フユさんは愛してくれたということなのか。

セックスを差し出せばお礼になると思っていたけれど、フユさんにとってのいつみは、最早そういう存在ではなかったのだ。

フユさんの気持ちを伝えてくれた人が、優しく手招きをする。

「一緒に、あの人に会いに行きましょう。大人になったあなたを、あの人に見せてあげて」

「……はい」

いつみは頷いた。


その瞬間にようやく、すべての過去は想い出になった。

三人で墓参りをすませた後、怜一はいつみをデートに誘った。

フユさんの奥さんは、気を利かせてくれたのか「私は用があるから」と、早々に帰っていった。

「フユさんもいい人だけど、フユさんの奥さんもすごくいい人だった」

彼女の聞かせてくれたフユさんの話を思い返しながら、いつみは呟いた。

フユさんの本名を今更ながら知ることはできたけれど、やはりいつみにとっては、フユさんはフユさんのままだ。

「なあ、これから時々、俺一人でもフユさんのところに行ってもいいか？」

みつみの墓参りをする日に、寄る場所がひとつ増えた。そう、いつみは考える。たまには会いに行って、話をしたかった。

「そりゃ、勿論」

頷いた怜一だが、かすかに眉間に皺を寄せている。

「……いつみってさ、父さんの話をするとき、子供の顔になるな」

「……子供？」

「うん、ものすごく可愛い」

怜一は、頭を掻きむしっている。

「正直、妬ける」

「……そんな必要が、あるのか？」

いつみがフユさんに向けていた感情は、なんとも言葉にはできないものだ。

しかし、怜一への想いとは別の種類だ。

怜一が、妬く必要もない。

「まあね。俺、結構独占欲が強いみたい」

肩を竦めていた怜一は、やがて明るく笑いとばした。

「まあ、いいや。親子より恋人になれるほうがいい」

「……親子というのもぴんと来ないんだが……。フユさんが息子のように可愛がってくれたのはわかってるが、俺の中では父親というより特別な人だ」

いつみは、小声で付け加える。

「……でも、恋人はおまえだけ」

特別という言葉に眉間の皺を深くしていた怜一だが、最後の一言で途端に上機嫌になった。

「そう、じゃあ恋人らしい時間過ごそうか」

誘い言葉に、いつみは頷く。

すると怜一は、さりげなくいつみの手を握りしめた。

「恋人の時間を過ごせる場所に、行こう」

甘ったるい囁きに、否はない。

「人前で、手をつなぐのはどうかと思う」

「じゃあ、肩をくっつけるように歩こうよ」

「……べたべたしすぎだ、馬鹿」

笑いながらも、怜一のお望みどおり寄り添ってやる。

幸福で胸がいっぱいで、息が詰まりそうだった。


一晩一緒に過ごそうと、怜一は近くのシティホテルに宿をとった。

ドアを閉めてしまえば、二人っきり。

手をつなごうが、キスをしようが、それ以上の楽しみに耽ろうが、誰の目も気にすることはない。

「……大人の、恋人として愛してやる」

ベッドに怜一を座らせ、いつみはその足の間に跪《ひざまず》く。

「積極的だな、いつみ。どきどきするじゃん」

「いいから、黙ってろ」

怜一の下半身を寛《くつろ》げて、彼の欲望そのものを露わにさせると、そこは固くなりかけていた。

「元気だな」

「今のいつみは俺が独り占めできてるんだと思うと、興奮するよ」

にやりと、怜一は笑った。

既に湿りのある熱を持っていたそこを、いつみはそっと自分の両手で包みこむ。

張りがあるそれをさすってやると、先端にじわっと先走りが滲んだ。

いつみの中に入るためにも、そこは自ら濡れるのだ。

躊躇いもなく、怜一の欲望そのものを口に含んだ。

「ん……っ」

男のそれを口に咥《くわ》えるのには、慣れている。

でも、怜一の性器には、誰にも感じなかった愛おしさを抱いた。

たっぷり可愛がって、うんと気持ちよくしてやりたくなる。

「大胆だな、いつみ」

喉を鳴らして、怜一はいつみを見下ろした。

上目遣いで見上げると、柔らかに目を細めている怜一と視線が合う。

見つめあったまま、彼の性器に口づけると、怜一はくつくつと笑った。

引き締まった下腹部が、微妙に上下したかと思うと、いつみの掌で怜一の性器が、ぐんと勢いよく膨れあがった。

天を向いたそれの先端から、透明の雫《しずく》が溢れはじめる。

「色っぽい。めちゃくちゃ興奮する」

いつみの頭の上に掌を置いて、怜一は囁いた。

「なあ、俺をどうやって可愛がってくれるんだ？」

「黙って楽しんでろ」

じっと見つめられると、さすがに羞恥心を覚えた。

それと同時に、自分が今までどれほど、心を無にするように男に奉仕していたのか、思い知った。

こんなにも、心から混じり合うようにセックスをした経験が、いつみにはなかったのだ。

性の経験はあれど、他人と交わった経験が、いつみはあまりにも乏しかった。

(怜一は、俺を変えた)

真っ直ぐ向かってこられて、躱しきれなかった。

そのときに、いつみが必死で固めてきたものは、粉々になっていたのだ。

それを認めるのには、時間がかかった。

「……いつみも、楽しんでくれる？」

「……」

返事をするかわりに、いつみは無言で怜一の性器に口づける。

他人の性器なんて、進んで触れたいようなものではない。

でも、怜一のものだから違う。

そのことを、よく思い知らせてやらなくては。

妬く必要も、ないほどに。

（おまえが、俺を変えた。今の俺にしたんだ。だから、今の俺の全部は、おまえの――）

その言葉を口にするのは、まだ気恥ずかしい。

かわりに、愛情をこめて、たっぷりと怜一の性器を愛してやる。

「んっ、ふ……。あ、あふ……っ」

見る見る間に、怜一の性器は咥えきれないほど大きくなっていった。

掌にももてあますサイズになったら、頬擦《ほおず》りもしてやる。

どくどくと脈打つその欲望が、愛おしくてたまらなかった。

これが、いつみを粉々にしたのだ。

「すげぇ……。なあ、もっと頬擦りして。あんたの綺麗な顔で、俺のを擦ってもらえるって、最高……」

「悪趣味だな」

憎まれ口を叩きながら、怜一のリクエストに応えてやる。

一際熱くなった性器を頬に宛てながら、いつみもまた興奮していた。

「あ……っ」

一際濃い先走りが、いつみの頬を濡らしていく。

「怜一、舐めろ」

性器を頬に押し当てたまま、いつみは怜一にもう片方の手を差し出す。

怜一は長い舌を見せびらかすように、その指先へと絡めた。

「……んっ」

指にまとわりつく舌も、しゃぶられるのも、まるで性器への疑似愛撫のようだった。

いつみは、自分の下半身にも熱が集まっていくことを意識しはじめていた。

「もう、いい……」

「もっとしゃぶらせろよ」

「後でな」

指先にねっとりと絡みついた唾液の感触を確かめ、いつみは嘯いた。

濡らされた指先で、いつみは自分の下半身を探りだす。

「……んっ、うう……」

怜一の性器を意識したまま、自らの後孔へと指を差し入れたいつみは、その狭い場所を緩めていく。

男に慣れているとはいえ、やはり慣らさなければきつい。

ぬめりのある指先のおかげで、難なく二本咥えこんだものの、やはり引き攣《つ》れるような感覚があった。

これよりもっと太い……、今、頰に押し当てているものが入るまで、開いてやらなくてはいけない。

「……あ……っ」

ぞくっと、腰が震える。

怜一の性器を頰に感じ、それで貫かれるときを想像するだけで、体温が一度上がった。

いつみはそのまま、自分の後孔を男に貫かれるための性器へと変えていく。

「…んっ、はぁ……あ……」

指を中で広げるように具合を確かめて、ようやくいつみはそれを抜いた。

そして、あらためて両手で怜一の性器を挟みこむと、そっと先端へと唇を寄せる。

「欲しい……」

熱にうなされているような掠れ声で、いつみは呟いた。

「好きなだけ、持っていけよ。全部、あんたのだ」

怜一は、いつみの髪を撫でる。

ただ可愛がるだけじゃない。

地肌をわざとらしく刺激するようになぞる指先の動きは、ただの愛撫だ。いつみの、性感を掻き立てようとしている。

「あぁ……っ」

油断すると力が抜けそうになる体を、いつみは奮い立たせる。丹念に舐めしゃぶり、育てたものを、またぐように怜一の上に乗り上げた。

「……んっ」

自ら怜一を受け入れたいつみは、体内にすっぽりと彼を収める。

「ああ、すごくいい。気持ちいい……」

目を細めて、怜一はいつみの腰を撫でる。

男を咥えた体には強すぎる刺激に、いつみは何度も身震いをした。

だが愛おしさをこめて、自分の体すべてで怜一を愛撫する。

「……いっ、あ……、ああ……っ」

「気持ちいい、いつみ。愛してるよ」

優しい愛の言葉は、何よりもの奉仕の報酬だった。

誰ともできなかったほど、幸せな気持ちで抱き合いながら、いつみは生まれて初めてできた恋人を愛おしんだ。

あとがき

こんにちは、あさひ木葉《このは》です！

「二度とは抱かれない男」をお読みくださいまして、ありがとうございます。

久々に小説を書いたので、まるでデビュー作の後書きみたいに緊張しています。

初めましての方も、お久しぶりですの方も、この本を手にとってくださいました皆様に、とびっきりの感謝を！

なかなか小説を書けなくなってからしばらく経ちますが、読んでくださる方がいらっしゃることを、本当に嬉しく思っています。

また、思うように書けない状態が長かった私に、根気強くおつきあいくださっている編集さんや、イラストレーターの先生方にも、本当に感謝しています。

今回は特に、締め切り間際に体調を崩してしまったため、スケジュールの調整にもご協力いただいてしまいました。

それにもかかわらず、お忙しい中、とても素敵なイラストを描いてくださいました古澤《ふるさわ》エノ先生には、心から御礼申しあげます。

私はやっぱり、ボーイズラブ小説がとても好きです。思うように書けないジレンマもあるのですが、細く長く、少しでもたくさんのボーイズラブを書いていけたらいいなと思っています。

そして、一人でも多くの方に、萌えていただける小説をこれからも書いていけるよう、努力を続けたいです。

またどこかで、お会いすることができますように。

あさひ木葉

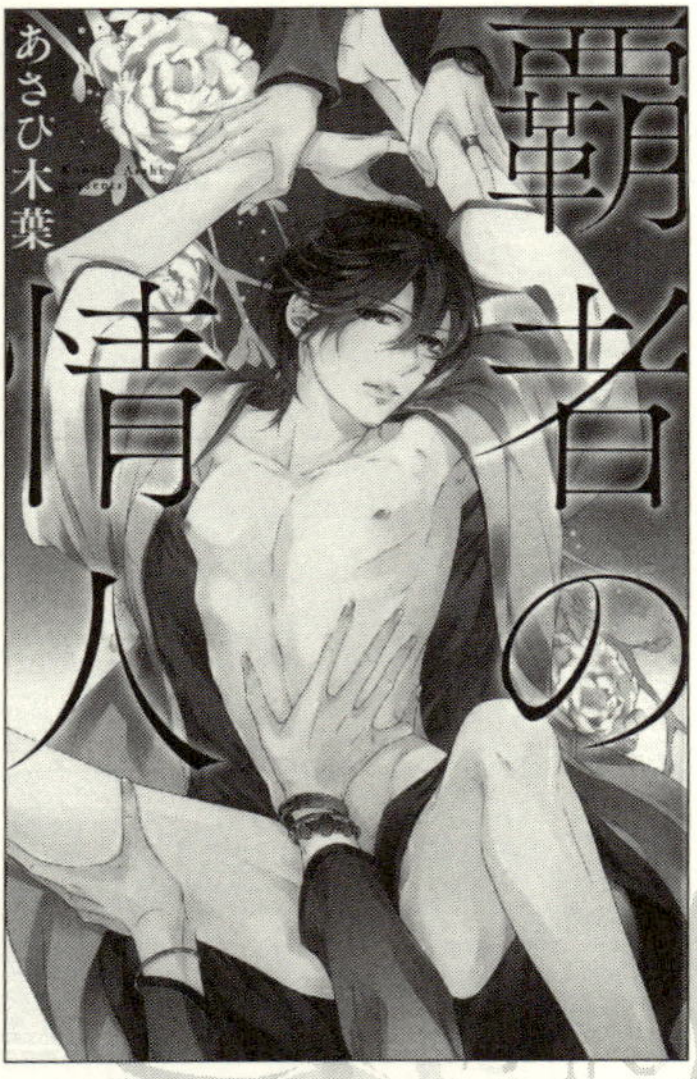

覇者の情人《はしゃのじょうじん》

あさひ木葉
イラスト：日野ガラス

本体価格 870 円+税

日本有数の暴力団・極東太平会の若き会頭で、華やかな美貌の渡月千裕。歌舞伎町の利権を巡る抗争の際、側近である五島に裏切られた千裕は香港黒社会の盟主·京家に誘拐されてしまう。しかし、京家の当主である京一黎の元に客人として訪れていた、イタリアンマフィアの御曹司、ミケーレ・カゼッラに大胆不敵にも色仕掛けで迫り、渡月家のホワイト・ナイトになってくれるよう頼みこむ。その剛胆さをおもしろかったミケーレと、魅入られた一黎、二人に求愛されるようになった千裕は、二人の間を上手いこと泳ぎながら、渡月家の地位を確かなものにした。そんな中、自分を裏切った五島と再会し…!?

リンクスロマンス大好評発売中

夜の男《よるのおとこ》

あさひ木葉
イラスト：東野 海

本体価格870円+税

暴力団組長の息子として生まれた、華やかな美貌の深川晶。家には代々、花韻と名乗る吸血鬼が住み着いており、力を貸してほしいときには契と名付けられる「生贄」を捧げれば、組は守られると言われていた。実際に、花韻は決して年をとることもなく、晶が幼い頃からずっと家にいた。そんな中、晶の長兄である保が対立する組織に殺されたことがきっかけで、それまで途絶えていた花韻への貢ぎ物が再開され、契と改名させられた晶が花韻に与えられることになった。花韻の愛玩具として屋敷の別棟で暮らすことになった契は彼に犯され、さらには吸血の快感にあらがうこともできず絶望するが…。

奪愛アイヲウバウ《だつあい あいをうばう》

あさひ木葉
イラスト：東野 海

本体価格 870 円+税

ハーフで怜悧な美貌を持つ萱谷礼央。勤め先である大企業・東和商事内の派閥争いに負け、アラブの小国・シャルク王国に異動させられてしまう。エリート商社マンとして業績を上げ、出世戦争を戦い抜いてきた礼央にとって、閉じた経済圏であるシャルク王国はあまりにも物足りない赴任地だった。そんな中、地下クラブでシャルク王国の若き王、カーディルと出会う。礼央はビジネスチャンスにつなげるため、カーディルに近づくが…。

リンクスロマンス大好評発売中

極上の恋を一匙《ごくじょうのこいをひとさじ》

宮本れん
イラスト：小椋ムク

本体価格870円+税

箱根にあるオーベルジュでシェフをしている伊吹周は、人々の心に残る料理を作りたいと、日々真摯に料理と向き合っていた。腕も人柄も信頼できる仲間に囲まれ、やりがいを持って働く周だったが、ある日突然、店が買収されたと知らされる。新オーナーは、若くして手広く事業を営む資産家・成宮雅人。視察に訪れて早々、店の方針に次々と口を出す雅人に、周は激しく反発する。しばらく滞在することになった雅人との間には、ぎこちない空気が流れていたのだが、共に過ごすうち、雅人の仕事に対する熱意や、不器用な優しさに気付き始めた周は次第に心を開くようになり——……。

溺愛貴族の許嫁《できあいきぞくのいいなずけ》

妃川 螢
イラスト：金ひかる

本体価格870円+税

獣医の浅羽佑季は、わけあって亡き祖父の友人宅があるドイツのリンザー家でしばらく世話になることになった。かつて伯爵位にあったリンザー家の由緒正しき古城のような館には、大型犬や猫などたくさんの動物たちが暮らしていた。現当主で実業家のウォルフは、金髪碧眼の美青年で、高貴な血筋に見合う紳士的な態度で佑季を迎え入れてくれたが、その際に「我がフィアンセ殿」と驚きの発言をされる。実はウォルフと佑季は祖父たちが勝手に決めた許嫁同士らしい。さらに、滞在初日に「私には君に触れる資格がある」と無理やり押し倒されて口づけられてしまい――？

リンクスロマンス大好評発売中

夜の薔薇　聖者の蜜《よるのばら　せいじゃのみつ》

高原いちか
イラスト：笠井あゆみ

本体価格 870 円+税

二十世紀初頭、合衆国。州の中心都市であるギャングの街―。日系人の神父・香月千晴は、助祭として赴任するため生まれ故郷に帰ってきた。しかし、真の目的は、家族の命を奪ったカロッセロ・ファミリーへの復讐だった。千晴は「魔性」と言われる美しく艶やかな容姿を武器に、ドンの次男・ニコラを誘惑し、カロッセロ・ファミリーを内側から壊滅させようと機会を狙う。しかし、凶暴かつ傲慢なギャングらしさを持ちつつも、どこか繊細で孤独なニコラに、千晴は復讐心を忘れかけてしまう。さらに「俺のものにしてやるよ」と強い執着を向けられ、その熱情に千晴の心は揺れ動き……？

精霊使いと花の戴冠

せいれいつかいとはなのたいかん

深月ハルカ

イラスト：絵歩

本体価格870円+税

「太古の島」を二分する弦月国と焔弓国。この地はかつて、古の精霊族が棲む島だった―。弦月大公国の第三公子である珠狼は、焔弓国に占拠された水晶鉱山を奪還するため、従者たちを従え国境に向かっていた。その道中、足に矢傷を負ったレイルと名乗る青年に出会う。共に旅をするにつれ、珠狼は無垢な笑顔を見せながらも、どこか危うげで儚さを纏うレイルに心奪われていく。しかし、公子として個人の感情に溺れるべきではないと、珠狼はその想いを必死に抑え込むが、焔弓軍に急襲された際、レイルの隠された秘密が明らかになり――?

リンクスロマンス大好評発売中

妖精王の求愛

―銀の妖精は愛を知る―

ようせいおうのきゅうあい―ぎんのようせいはあいをしる―

飯田実樹

イラスト：亜樹良のりかず

本体価格870円+税

――美しき妖精王が統べるエルフと人間がバランスを保ち共存する世界―真面目で目端の利くエルフ・ラーシュは、世界の要である妖精王・ディートハルトに側近として仕えている。神々しい美しさと強大な力をあわせ持ち、世界の均衡を守るディートハルトのことを敬愛し、その役に立ちたいと願うラーシュ。しかし近頃、人間たちより遙かに長い寿命を持つエルフであるが故日常に退屈を感じだしたディートハルトに、身体の関係を迫られ、言い寄られる日々が続いていた。自分が手近な相手だから面白がって口説いているのだろうと、袖にし続けていたラーシュだったが――?

初恋ウエディング《はつこいうえでぃんぐ》

葵居ゆゆ
イラスト：小椋ムク

本体価格 870 円+税

子家庭で育った拓実の夢は、幸せな家庭を築くこと。でも、人の体温が苦手な拓実は半ばその夢を諦めていた。その矢先、子連れ女性との結婚に恵まれる。しかし、わずか半年で妻に金を持ち逃げされ、さらにアパートの立ち退きに遭い、父子で路頭に迷うことに…。そんな時、若手社長になった高校の同級生・偉月と再会する。実は拓実が人に触れなくなったのは偉月にキスをされたからで、そんな偉月から「住み込みで食事を作ってほしい」と頼まれる。その日から偉月と息子の愁との三人生活が始まって…?

リンクスロマンス大好評発売中

カフェ・ファンタジア

きたざわ尋子
イラスト：カワイチハル

本体価格870円+税

ある街中にあるコンセプトレストラン"カフェ・ファンタジア"。オーナーの趣味により、そこで天使のコスプレをして働く浩夢は一見ごく普通だが、実は人の「夢」を食べるという変わった体質の持ち主だった。そう—"カフェ・ファンタジア"は、普通の食べ物以外を主食とするちょっと不思議な人たちが働くカフェなのだ。浩夢は「夢」を食べさせてもらうために、「欲望」を主食とする昂大と一緒の部屋で暮らしている。けれど、悪魔のコスプレがトレードマークの傲岸不遜で俺サマな昂大は「腹が減ったから喰わせろ」と、浩夢の欲望を引き出すために、なにかとエッチなことを仕掛けてきて…!?

腹黒天使と堕天悪魔《はらぐろてんしとだてんあくま》

妃川 螢
イラスト：古澤エノ

本体価格 870 円+税

──ここは、魔族が暮らす悪魔界。その辺境の地に佇む館には、美貌の堕天使・ルシフェルが住んでいた。かつてルシフェルは絶対的な存在として天界を統べる熾天使長だったが、とある事情で自ら魔界に堕ち、現在は悪魔公爵として暮らしている。そんなルシフェルの元に、連日のように天界から招かれざる客がやって来る。それは、現・熾天使長であり、ルシフェルの盟友だったミカエルだ。ミカエルは「おまえに魔界が合っているとは思えん」と、執拗にルシフェルを天界に連れ戻そうとするが…？

リンクスロマンス大好評発売中

純白の少年は竜使いに娶られる《じゅんぱくのしょうねんはりゅうつかいにめとられる》

水無月さらら
イラスト：サマミヤアカザ

本体価格870円+税

繊細で可憐な美貌を持つ貴族の子息・ラシェルは、両親を亡くし、後妻であった母の遺書から、自分が父の実の子ではなかったと知る。すべてを兼ね備えた、精悍で人を惹きつける魅力に溢れる兄・クラレンスとは違い、正当な血統ではなかったと知ったラシェルは、すべてを悲観し、俗世を捨てて神官となる道を選んだ。自分を慈しみ守ってくれていた兄に相談しては決心が揺るぎ縋ってしまうと思い、黙って家を出たラシェル。しかし、その事実を知り激昂したクラレンスによってラシェルは神学校から攫われてしまい…!?

LYNX ROMANCE

小説原稿募集

リンクスロマンスではオリジナル作品の原稿を随時募集いたします。

募集作品

リンクスロマンスの読者を対象にした商業誌未発表のオリジナル作品。
（商業誌未発表のオリジナル作品であれば、同人誌・サイト発表作も受付可）

募集要項

＜応募資格＞
年齢・性別・プロ・アマ問いません。

＜原稿枚数＞
４５文字×１７行（１枚）の縦書き原稿、２００枚以上２４０枚以内。
※印刷形式は自由。ただしＡ４用紙を使用のこと。
※手書き、感熱紙不可。
※原稿には必ずノンブル（通し番号）を入れてください。

＜応募上の注意＞
◆原稿の１枚目には、作品のタイトル、ペンネーム、住所、氏名、年齢、電話番号、メールアドレス、投稿（掲載）歴を添付してください。
◆２枚目には、作品のあらすじ（４００字～８００字程度）を添付してください。
◆未完の作品（続きものなど）、他誌との二重投稿作品は受付不可です。
◆原稿は返却いたしませんので、必要な方はコピー等の控えをお取りください。
◆１作品につき、ひとつの封筒でご応募ください。

＜採用のお知らせ＞
◆採用の場合のみ、原稿到着後６カ月以内に編集部よりご連絡いたします。
◆優れた作品は、リンクスロマンスより発行させていただきます。
原稿料は、当社既定の印税でのお支払いになります。
◆選考に関するお電話やメールでのお問い合わせはご遠慮ください。

宛先

〒151-0051
東京都渋谷区千駄ヶ谷４−９−７
株式会社　幻冬舎コミックス
「リンクスロマンス　小説原稿募集」係